dtv

Ein Mann hat sich auf einem Hügel ein Haus gebaut, in der Uckermark, nordöstlich von Berlin: einen erhöhten Aussichtspunkt, von dem aus er die Dinge der Umgebung beobachtet im Wechsel der Jahreszeiten. Mit seinem kleinen Sohn schreitet er den Gesichtskreis ab, die bäuerliche Landschaft und die Seen der Gegend, Streifzüge unter dem ärmsten Himmelsstrich unseres Landes. Mit den Augen des Kindes sieht er die Natur neu. So ist dieser Band mit Aufzeichnungen ein Buch der Einkehr und des Innehaltens geworden. Strauß' analytischer Blick erfaßt den Stand der Kunst und Kultur, daneben den der Politik und Gesellschaft. – Ein erneuter Versuch, sich Klarheit zu verschaffen über sich selbst und die Welt am Ende des Jahrhunderts.

Botho Strauß, am 2. Dezember 1944 in Naumburg/Saale geboren, war Redakteur, Theaterkritiker und später dramaturgischer Mitarbeiter an der Schaubühne am Halleschen Ufer. Lebt in Berlin.

Botho Strauß

Die Fehler des Kopisten

Deutscher Taschenbuch Verlag

Ungekürzte Ausgabe
Juli 1999
Deutscher Taschenbuch Verlag GmbH & Co. KG,
München
© 1997 Carl Hanser Verlag, München · Wien
Umschlagkonzept: Balk & Brumshagen
Umschlagbild: ›Landschaft‹ (um 1927) von Ewald Mataré
(© Sonja Mataré)
Satz: Satz für Satz. Barbara Reischmann, Leutkirch
Druck und Bindung: C. H. Beck'sche Buchdruckerei,
Nördlingen
Gedruckt auf säurefreiem, chlorfrei gebleichtem Papier
Printed in Germany · ISBN 3-423-12656-6

I

> Man ist der Sohn seines Kindes,
> das ist das ganze Geheimnis.
> *Yves Bonnefoy*

Auf einem Hügel in der Uckermark baute ich ein weißes Haus, und eigentlich sind es zwei, ein größeres mit dem Blick in eine weite Wiesensenke, begrenzt vom Wald im Süden, dem Jakobsdorfer Forst. Und ein kleineres in seinem Rücken für Gäste, die nie kommen, mit einem Heizungsraum und einem Zimmer fürs Klavier.

Stunden, Tage, Wochen, die anderswo im Flug vergehen, ziehen sich hier lange hin, und wir mit langen Gängen übers Feld ziehen mit. Wir schreiten, wenn es Abend wird, unseren Gesichtskreis aus. Wir wandern rund ums Blickfeld zwischen Wald und Ackerrand. Von jedem Fleck des Wegs erkennen wir das neue Haus auf dem Bühel. Wir wollen dort, wo wir gehen, sobald wir zu Hause wieder aus dem Fenster schaun, vor kurzem gegangen sein.

Wie soll ein Haus, das man in reifen Jahren baut, je die Zeit gewinnen, zu einem Menschen zu sprechen, zu flüstern in den Nächten? Mehr als die Befestigung einer Aussicht wird es nicht sein. Ein komfortabler Hochsitz mit freiem Blick zurück ... Unweit der Stelle, an der das alte Gutsgebäude stand, steigt es nackt, neu, von Null auf und schamlos frisch aus dem mittelschweren Geschiebelehm der Moränenkuppen ... Wer spricht in einem Haus, in dem noch kein Toter lag, kein Neugeborenes, in dem noch nicht geflucht, gezeugt und geweint, nie gewartet, nie gewohnt wurde? ... Vom Zero des Gemäuers kommt ein starker Sog. Räume, in denen nie etwas war, nehmen alles von dir ...

Wenn ich mit Menschen verkehre, steht die Zeit kopf. Wende ich mich ab, so liegt sie träge und üppig, unschlüssig, sogar ein wenig lasziv über den Hängen.

Nur mit den Vögeln vorm Fenster, den Balken über dem Kopf höre ich nichts als leere Zimmer und das leise Brummen von Adaptern, die Ladegeräusche einiger elektronischer Geräte, Anschluß der stillen Warte an die heftige Welt.

Wilde Bienen riechen das neue Holz und wollen ihren Bau an den Sparren hängen. Die Schwalben mauern unter dem Dachvorsprung über dem Eingang, wo kleine Lüftungsgitter einen guten Halt bieten. Schwalben, wie lange wird es dauern, bis ihr durch die Fenster ein- und ausfliegt? Bis ihr die letzten Hausherren hier seid und durch die offenen Zimmer schnellt, in den Winkeln der Decke nistet? Ich habe nichts entgegenzusetzen der langsamen Umgarnung, mit der die Geschöpfe der Luft, der Erde, des Gesträuchs mich fesseln.

Wie eine Lawine donnert der frühe Sommer hinab in den dünnen April. Zwei Schwäne gleiten über den Spiegel, dem niemand traut. Der Karren mit dem Tank voll Schlempe steht in der grünen Mulde, wo die Schafe in der Hitze die Köpfe zusammenstecken und ihr Herden-Wissen teilen ... Wann endlich entlädt sich der Gewitterhimmel? Jedes Blatt, jede Wasserrinne ist bereit zu toben, hat sich gedehnt und ist so still, daß es kein Zurück mehr gibt und nur noch ein Springen und Rasen folgen kann.

Fremde Kinder rufen meinen Sohn beim Namen, den ich ihm gab, ihm überwarf, als der erste Luftzug ihn berührte. Diu, Diurno, der tags Gezeugte und mein Tagwandel ... Drei Stunden waren wir auf dem Marsch an einem sonnigen Nachmittag, und erst in der letzten wurde er müde, torkelte ein wenig und blieb zurück. Ich stand am Draht der Weide und hörte ihn singen hinter dem Hügel. Ich sah den Stipps über den Kamm steigen, auf dem strohigen Wiesenrücken seine rote Jacke, so klein unter dem fahlen Abend, und er sang hoch und überhöht, dramatisch vor allem, um die Müdigkeit zu bekämpfen, seine Tamino-Arie über die milde, menschenleere Senke: »Zu Hilfe, zu Hilfe, sonst bin ich verloren ...!«

Das Kind, nicht meins, mir zugefallen nur ... abgeirrt aus der Bahn glücklicher Phantome, die unsere magere Welt wie ein zu weiter Gürtel umgibt. Ist es da, begleitet es mich wirklich und wächst, oder wird es mir nur von Minute zu Minute aufs neue zugesellt und zugesprochen?

Frühmorgens gehen Diu und die Greisin über den Anger, er führt die Großmutter spazieren. Das Kind, das gerne teilt und gerne gibt, das besorgt ist um andere und ihnen immer Freude bringen will. Wieviel Liebenswürdigkeit, freimütigen Gehorsam verschwendet er! Als käme er aus einer Welt, wo sich dergleichen auszahlt! Doch lebt er vorerst nur in unserem kleinen Labor der Zuwendung und des gespiegelten Gefallens.

Für zwei Tage Sommer im April. Hitzevorschuß. Die Knospen stürzen aus dem Schlaf. Über Nacht sind die Schwalben aus Sizilien zurück, nachtblau noch ist ihr Flügel, hier wird er staubgrau werden. Sie umflattern die Traufe. Die Stare im Kordon wie eine Polizeistaffel staken pickend über die Wiese. Sonntag ohne Fülle, ohne Schwüle. Am See die Nachtigall und eine zarte Wasserschlange, die eine mäandrische Strömung hinter sich läßt, das feine schwarze Reptilienhaupt glänzt in der Sonne, es bleibt über Wasser wie beim schwimmenden Hund. Ein erstes Bad im kalten Weiher.

Blanker Himmel mit einem Storch, der über der Wiese kreist. Daß der große Zügler und ich diesen Raum uns teilen, der Reisende und der Bleibende, der Niederschauende und der Aufschauende, zwei sondierende Geschöpfe, gleitend auf zweierlei Art. Nachmittags das Totholz aus der Robinie und dem Liguster geschnitten. Der Ostwind, der seltene, schreibt Wolken auf den blauen Teller.
    Ich habe viele Jahre gebraucht, bis meine Stimme aus den Verliesen und dem Gemurmel der Städter herausfand. Diu, ein Teil von mir, dessen Zunge nun flügge ist, hat sie befreit.
    Eine frischgepflanzte Wildhecke umgibt unseren

Ort, ein alter Obstgarten mit einer bald achtzigjährigen Eiche, einer Friedenseiche, die der Vater des Nachbarn pflanzte um 1918.

Welch ruhloses Staunen! Die Schlehen am Feldweg schäumen auf, dazu das Vorgrün der Buchen, der verwirrende Dunst einer wiederkehrenden Frühe: wie oft noch und von Mal zu Mal tröstlicher und schmerzlicher zugleich wird man ihr begegnen?

Nicht viel übriggeblieben vom streunenden Zeitgenossen. Nun begreifst du allmählich, was es heißt, nicht wie die Eiche zu sein, die hier doch dein Nächster ist, unausweichlich vor Augen, längst im Sinn, und doch nicht zu fassen, jetzt schon gar nicht in ihrem Spinnweb von ersten Farben, braunrosagrün, bevor sich die Knospen füllen und der Knospenbrecher, das stilettspitz sich hervorwindende Blatt, erscheint.

Der Fuchs im April mit entfärbtem Pelz, mit vergangenem Rotbraun, mit einem einzigen letzten glanzvollen Fleck ... und wie er sich umschaut, ist auch seine List ermüdet und fahl geworden. Der kleine Suchscheinwerfer, zu dem die Sonne sich verengt zwischen den Wolkenflößen, hat ihn am Bruch zwischen den Findlingen erfaßt.

Ich in der Fülle, in der Pracht der Schlehen-, der Birnen-, der Vogelkirschblüte habe leicht sagen, daß man einen Filter der Schönheit und der Stille braucht, einen symbolischen Schilfgürtel, um die verschmutzten Gewässer des Herzens mit Sauerstoff allmählich zu erfrischen.

Nie habe ich den Sommer so fern, die Zeit der Bleiche so unwahrscheinlich empfunden wie unter den Blütenwogen, den Schleiertänzen der Bäume im Frühjahr. Soviel Kraft, von der man nicht glauben sollte, daß sie sich wehrlos der Zeit ergäbe; daß ein paar Monate ausreichen, um sie zu brechen.

Schwarzahorn wurde noch in die Hecke gepflanzt, Pfirsich und Aprikose in den Obstgarten. Auch wurden die Kartoffeln in den Acker eingelegt.

Der Spiräen Wurf, die Garbe, das weiße Feuerwerk, der Habicht kreist mit gefingerten, leicht abgeknickten Schwingenschaufeln überm Walnußbaum, wo ich auf Dius Schaukel schwebe. Heut abend wieder bist du meins, Land der runden Büsche, Feldsölle, Weizenhügel. Das Korngrün maidunkel und fett. Ein Kuckucksleuchten über dem Weiher. Jetzt hat der Frühling nichts Kommendes mehr.

Meine Zeit hier: aufstehen, hinausschauen und es nicht fassen können. Das Buch aufschlagen, lesen, es nicht mehr verstehen. So befangen vom Staunen, verlernt der Geist sein Deuten.

Als wir aus der Stadt kamen vor zwei Tagen, breitete der Raps ein provenzalisches Gelb über das Land. Sein schwüler Duft umgab uns wie eine Wolke, als wir zum Flechtner Weiher fuhren. Heute früh, als wir vom Bad zurückkehrten, waren Gelb und Duft bereits zersetzt.

Die gelben Maulmasken der Spatzenjungen, lautlos offen, als ich versehentlich ein Schwalbennest, das sie okkupiert hatten, von der Wand löste.

Sakraler Legalismus: der Bürger des Himmelreichs steht in der Überfülle des Gesetzes, sein Leben besteht nur aus Einhaltung von Regeln und Formen. Sie sind sein Verstehen und sein Dienst.

Das letzte Wort ... dann alles Kanon und Kult.

Seit zwanzig Jahren habe ich nach einem solchen Ort gesucht, wo niemand mir zu nahe wohnt, der Ausblick weit und wunderbar gestaffelt ist, Wiese, Senke, Brüche, Solitäre, Wald und Himmel. Nicht mal ein Dorf, nur ein Vorwerk ohne Kirche. Der Pächterhof ist abgerissen. Der Kampf mit der Schönheit, die einen niederringen will, verstummen lassen, ist dennoch etwas würdiger als der g e g e n Stereoboxen, Stadtteilfeste.

Es war noch einmal ein schöner Tag. Am Abend kam ein kräftiger Wind auf. Der Himmel färbte sich schwarz mit rötlich entzündeten Wolkenrändern.

Man konnte es sich leisten damals. Den Mund zu voll zu nehmen. Oder man konnte es sich nicht leisten. Wahrscheinlich konnte man es sich nicht leisten.

Die Blüte schon vorbei. Zuerst die japanische Kirsche auf der kleinen Böschung am Haus. Dann der Pfirsich, die Mirabelle, der Weißdorn, die Blutpflaume. Schon vorbei ... Jetzt kommen die Birnen, die Äpfel. Einsatz der satten Streicher, nachdem die Soli der Holzbläser präludierten.

Wie die Gräser im Wind, die ich unablässig vor mir sehe, flimmern die Menschen, die ich einst kannte, in meinem Sinn. Doch scheint es, daß aus den wehenden Gräsern etwas auftaucht, das ihre Nähe mir vorenthielt. Ich wundere mich über das Wenige, das mir von ihnen blieb und beharrlich wiederkehrt, als hätte man nicht in wechselhaft reichen Beziehungen geschwelgt. Ich hatte indes ihre Blöße nie entdeckt, das tiefere Wenige nicht, das erst in der Abwesenheit und nach langer Zeit an einem Menschen hervortreten kann.

So dient denn die freie Senke vor meinem Haus bisweilen zum Aufmarschgelände von Schatten, und all jene, die mir mit den Jahren entschwunden sind, die geküßten und die betrogenen, die bekämpften und umworbenen, vor allem aber: die Heerscharen von zufälligen und beiläufigen Personen rücken geeint gegen mich vor. Mein Sinn für ihre Abwesenheit unterscheidet jeden einzelnen schärfer nach Gestalt und Eigenart, als je mein Auge oder die willentliche Erinnerung es vermöchten.
  Ein Stieglitz lag am Morgen auf dem Balkon. Entweder von der Katze getötet und apportiert oder, wahrscheinlicher, gegen das große Fenster geprallt, erschüttert und gestorben.

Das Kind soll fechten lernen und reiten, Klavier spielen, im Chor singen, es soll die Natur liebhaben und Jesus Christus. Fromme Wünsche: des Guten zuviel! Besser, es würde nicht fortgesetzt zerstreut und unterwiesen, sondern seine offenherzige Sprache, seine Sinnenfreude würden genügend beschäftigt. Jede seiner Regungen geht dahin, das Schöne dem Häßlichen, das Gesunde dem Verdorbenen vorzuziehen (mit Ausnahme der Nahrungsvorlieben, wo der schlechte Geschmack, das Frittierte und Verschmierte, früh obsiegt). Mir scheint, das weitere Leben, die nüchterne Erziehung könnten ihn eher vom eingeschlagenen Weg der Selbstkräftigung ableiten ...

Nichts schmerzlicher, als ein Kind, das zuerst alles begriff und leicht zu seinem Vorteil unterschied, eines Tages an die durchschnittliche Vernunft zu verlieren und im Jargon der Argumente und Informationen daherreden zu hören ... die Erde retten, die Menschenrechte wahren, davon moralisieren sie schon mit zehn oder zwölf! Ach, wenn dies tückisch Gute, dieser gefallene Engel des Allgemeinen sein Herz und seinen Mund verschonen würde!

Wie soll man leben? Die alte Frage, die sich die Müßiggänger in Tschechows Stücken stellen. Hundert Jahre später noch einmal und genauso naiv gestellt ... Wie kann das Kind leben, wie wird es leben, was kann ich tun, damit es nicht beim ersten Stoß aus der Bahn geschmissen wird?

Wie gut ließe es sich mit den liebenswürdig Verkommenen Tschechows leben! Doch die Verkommenen heute sind auf bösartige Weise unverträumt, nüchtern, aufgeklärt, vollkommen unsentimental. Durch und durch Gedämpfte. Problem-Knechte. Verstandesruinen. Realisten-Reste. Kleine und kleinste Puppen des Allgemeinen, aus denen niemals schöne Gleichgültige, nachdenkliche Selbstbetrüger werden.

Ende der Konturen, Ende der Schichten, Ende der Ablösungen, Ende des doppelten Einst: das Einst, das die Alten haben, wie jenes, das den Jungen bevorsteht. Statt der sieben Lebensalter nur ein Mittelding, eine einzige Periode der verlängerten Unreife, wo keiner mehr mit Lebenssattheit enden kann, wo man mit jeder rumgebrachten Stunde nur seine Lebens*erwartung* erhöht.

Die gläsernen Saiten, die die Unken an den Tümpeln schlagen. Nun gehen wir Feldsteine stehlen in den Söllen. Und nehmen noch ein Bad im Flechtner Weiher zusammen mit dem Haubentaucher. Flieder und Spiräen zeigen am baren Weiß die ersten Schmutzränder des Welkens.

Die Holunderblüten stehen auf, der weiße Besatz an den Büschen erscheint wie ein Pigmentfehler am großen breiten Dunkelgrün, das der Regen und das Grau der Wolken hervortreiben, wie Flecken entfärbter Haut.

Die Vögel erlauben, daß unser Haus an ihre Luft grenzt, und das volle Licht in seinen Räumen zittert von ihrem Flügelschlag.

Nun wird das hohe Gras gemäht. Die Mähdrescher fahren über die Hügel, vorwärts und rückwärts, auf und ab. Und ein anderer mit rotem Traktor kommt nach und sammelt ein. Mit dem Motorenschall spielen die Lüfte, mal dämpfen sie, mal wehen sie ihn auf. Die Störche aus Flechten, dem Nachbardorf und alten Herrensitz, stehen zwischen den Schafen am See. In ihren Booten sitzen reglos drei Angler am Morgen. Die Blüte der stachligen Ackerdistel, das reine Lila, ist so weich wie die bauschige Rose, und ihre Stempel spiegeln das Himmelblau ohne Zweifel. Das Wasser wippt ganz flach im Wind, und Noppen breiten sich statt Wellen aus.

Bild zum Verwahren: Mutter auf kleinem Schemel vor dem Acker im Garten. Dies Stück offener Erde und die Alte am Rand, die mir Ratschläge gibt, wie die Möhren zu setzen sind. Als ich zum Schuppen ging, um die Gießkanne zu füllen, sah ich sie sitzen, als wären beide in ein stummes Zwiegespräch vertieft, der Acker und die alte Frau.

Zeit ist der Vorname der Farbe Weiß.

Dieser Weg führt in den Wald.
Dieser Hang fällt zum See.
Diese Bö wandert durch hohes Grün.
Die Schlehe sträubt sich in Weiß.

Nur schleichend gewiß wird mir das Land, nur langsam erwähn ich's ... mein offenes Haus im Licht, doch nur fürs Ein und Aus der Fliegen, Menschen nicht.

Der Schäfer rückt seine Herde von Hügel zu Hügel. Er steckt mit dem elektrischen Zaun eine frische Weide ab. Falko, der Langhaarschäferhund, folgt ihm auf den Fersen, schaut durstig nach dem Gesicht seines Herrn, daß ihm kein Befehl, kein Kosewort entgehe. Lang geht der Hirt im Gras und auf den Pfaden um die Brüche. Über die gewellte Fläche fährt er mit seinem Allradtransporter. Hin und wieder liest er aus hohem Gras ein verendetes Lamm und wirft es auf den Wagen. Der Bursche ist fester gebaut als die meisten jungen Männer hier, die früh schon unförmige fette Leiber bekommen. Aber es will keine Verkäuferin, keine junge Köchin einen Hirten haben. Daß der Hirt einsam ist und abseits der Gemeinschaft seine Arbeit verrichtet, daß er seltsamen Träumen nachhängt und von Korn- und Mittagsgeistern heimgesucht wird, davon weiß hier niemand etwas. Und doch folgt ihm von längst vergessenen Legenden noch ein Gerücht; es genügt, um ihn nicht in Frage kommen zu lassen. Alle sagen, daß er spinnt. Obwohl er der nüchternste, geschickteste Arbeiter ist. Sie sagen es nur, weil etwas Anrüchiges von alters her am Hirten haftet, dem Einsamen vom Feld, dem erotischen Sonderling. Sie haben hier nicht den Schatten einer Ahnung, daß er der Held großer Dichtung, daß er der früheste Bote schlechthin ist ... Keinen anderen umgibt soviel Mythos und ursprüngliche Religion. Keiner ist und bleibt so nahe dem Dichter verwandt und gibt obendrein wahrscheinlich die meistbenutzte Metapher der Welt. Davon weiß hier niemand was. Der Hirte selbst am allerwenigsten. Und wüßte es auch dann nicht mehr, wenn der Sozialismus nicht die letzten Reste von übersinnlichem Wissen, von ländlichen Mysterien vertrieben, Acker und Weide dem alles zugrunde planenden Ingenieurswesen geopfert hätte (auch dies ein Mysterium: die Rationalität der Zerstörung, wohl die Rache der vertriebenen Mittagsgeister). Man weiß hier überhaupt nur eine arme Handvoll nützlicher Dinge – und auch dabei fehlen meist zwei, drei entscheidende Kenntnisse, die man eigentlich besitzen sollte, die aber immer der LPG-Vorsitzende oder die Partei für einen besaß. So geht der Hirte abgetrennt von seiner überzeitlichen Gestalt, außerhalb seiner Literaturgeschichte, geht ohne Frühe und Überlieferung durch die Senke, und mir scheint er in seinem absoluten Hier und Heute schauriger einsam, als die Legende ihn je erfand. Was aber, wenn sich ihm plötzlich alle Verbindungen wieder öffneten, wenn sie wie Atemwege, wie Blutbahnen seinen zweiten, seinen poetischen Leib wiederbelebten? Unzeit bräche über den Jungen herein, und wie bei einem Dammbruch würde sein Bewußtsein und würde seine Identität mit Wasser und Schlamm in die Tiefe gerissen. Man müßte ihn davor bewahren, sich mit der Elektroschnur seines Zauns zu erdrosseln.

Die meisten Fortschritte im zweiten Teil des Jahrhunderts sind auf dem Gebiet des Geistreichen gemacht worden. Jenes Gebiet, auf dem man keine Fortschritte machen kann, die Sentimente, das Erleidbare, das Schwere ... ist mit viel verfremdetem Gefühl, mit *Psychologie* (die am wenigsten von der Seele spricht!) versetzt wie ein kontaminiertes Stück Erde.

Auch das neue Kindermädchen wollte zu den jungen Eltern »eine Beziehung aufbauen« ... So ist es nun! Keine bessere Hintertür, kein hübscheres Schlupfloch als ein Kind, um in den innersten Bezirk anderer Menschen vorzudringen. Für Leib und Seele dreht sich alles um high touch, die üble Sucht, die wunden Stellen miteinander zu befingern. Der psychorhetorische Parasit, die hartnäckig »Noch ein Glas Wein zusammen«-Fordernde ... leert ihre Rede wie einen Scheffel Erbsen dem anderen vor die Füße. Da soll er nun lesen, die guten ins Töpfchen, die schlechten ins Kröpfchen ... muffige Diskursrückstände, Kurzworttakte aus den Chatkanälen, den ganzen Mix, den Splitter-Code, den soll er lesen, und nur in der Hoffnung breitet sie ihn aus, daß einer sich fände, der ihn entschlüsselt und ihr endlich übersetzt, was sie sagt. Oh, wie vom Kuß der Fee getroffen und erlöst, würde sie sofort das Weinglas abstellen und schnell nach Hause gehen!

Und dann in einer Nacht geht das Mädchen heimlich davon, wenn die Eltern verreist sind. Weil sie sicher ist, daß der Junge durchschläft wie immer. Aber da wacht er zu früh auf, noch keine sieben Jahre alt,

liest die Uhr falsch, zieht sich an und geht allein zur
Schule. Eine Stunde zu früh steht er vor dem Schultor
an einem kalten Novembermorgen. Diese Person
rufst du gar nicht erst an. Du gehst in ihre Wohnung
und schlägst ihr aufs Maul, die wunde Stelle.

Die aus dem zerbrochenen Bergwerk Geretteten, die
überlebend Geborgenen schweigen vor der Öffentlichkeit, sie verweigern jeden Bericht über die Kata-
strophe, die sich in der Tiefe ereignete. Sie schweigen
nicht aus Ehrfurcht vor der späten Gnade des Schicksals, sondern im Auftrag einer Illustrierten, die ihren
Angehörigen die Nachricht von der Rettung über-
brachte, zusammen mit einem Scheck für die Exklu-
sivrechte an der Reportage. Ein seltenes Beispiel für
ein schamloses Verhalten, das nicht mehr beschönigt
wurde und bei dem auch keine Partei noch das geringste sittliche Motiv für sich in Anspruch nahm.

Elektronisches Höhlengleichnis: Im TV wurde über
einen italienischen Mann berichtet, den, weil sie ihn
für schwachsinnig hielten, seine Eltern dreiundzwan-
zig Jahre lang in einem Keller zusammen mit einem
Fernsehapparat eingesperrt hatten.
 Nachdem sein Fall aufgeflogen war, öffnete sich die
Kellertür und ein grelles Licht überflutete sein Ver-
lies. Beim Aufstieg in die obere Etage blickte der Trog-
lodyt in eine laufende Fernsehkamera. Er kroch die
Kellertreppe hinauf – unter Scheinwerferbestrah-
lung, er sprach sein erstes Wort an die Außenwelt – in
ein Mikrofon. Seine Eltern waren arme Leute, sie

hatten ihm selber das verwüstete Haar geschnitten kurz vor seiner Freilassung in die Medien. Er hatte einen Buckel, ungewiß, ob vom Hocken im Keller vorm TV oder ob angeboren, ebenso ungewiß wie die Herkunft seines Schwachsinns – auf die Fragen des Interviewers antwortete er jedenfalls auf gleicher Intelligenzstufe und nicht verstörter als Millionen anderer Fernsehtroglodyten. Und doch sahen sich seine Eltern veranlaßt, ihn vor dem Spott der Menschen frühzeitig zu behüten und zu verbergen. Hatten sie ihn also vor der Bosheit der Welt zu schützen und ihn ganz allein ihrer Liebe zu bewahren gesucht? So jedenfalls erklärten sie's – vor dem kältesten Auge unter der Sonne.

Es ist alles Stille, ob Wind, ob Sonne, ob Mittag, ob Nacht – und die Stille brennt und bleicht das hohe Gras am Hang, das simmernde flachsblonde Gras, das plötzlich zu brodeln beginnt im Wind.

Ich liebe die Menschen nicht und kann doch keinen übersehen. Mir scheint, das Geheimnis des begehrlichen Miteinanders liegt in der hormonellen Produktion gewisser Gleitstoffe oder Stimulanzen, die ein günstiges gegenseitiges Übersehen verursachen.

Sie nennen einen guten Freund denjenigen, dem sie am wenigsten zuhören müssen und an dem sie am seltensten bemerken, daß auch er ihnen nicht zuhört. Auf diese Weise fühlen beide sich gut verständigt, und darauf kommt es schließlich an. Ist es nicht gleichgültig, ob dies angenehme Gefühl von einem intellektuellen Getuschel herrührt oder von bloßer Stimmfühlung wie bei den Graugänsen?

Was ist Sprache doch für eine glatte Scheibe verglichen mit der Flechte unserer gesamten Ausdrucksversuche! Man studiere die dichte Folge von Zu- und Widerrufen, die allein unser A n s c h e i n wirft, um dem anderen zu gefallen oder ihn zu verwirren! Niemand vermöchte dieses Netzwerk nach nur e i n e m Sinn auszulegen. Unaufhörlich flicht jeder daran, verknüpft die Fäden des Scheins und der Lüge mit denen der Affekte, Interessen und Erfahrungen, und nur zu dem einzigen Zweck, ein sicheres, schützendes, reißfestes Textil herzustellen und zu tragen.

Irgendwann wird man der alltäglichen Durchtriebenheit müde. Man möchte nicht länger auf Zwischentöne achten oder Ungesagtes bewerten. Die geschätzten Gesprächs*partner*, diese Filous der verdeckten Mitteilungen, was möchten sie einem nicht alles verkaufen! Sie versuchen, ihre intelligenten Waren – Meinungen, Überzeugungen, Urteile – so günstig wie möglich herauszustreichen. Doch unablässig hört man unter dem Geplapper irgendeinen Pferdefuß trappeln, vermag aber nie genau auszumachen, wo er sich gerade befindet, und das ermüdet eben auf die Dauer, es lenkt die Sinne unnötig ab.

»Ich hörte gleich, daß irgend etwas nicht stimmt.« Zum Mißtrauen besteht unausgesetzt Anlaß, man hält sich fast nur noch hinterm Licht auf, wohin jede zweite Mitteilung einen führt.

Der Mensch der Ebene, so Kassner, sieht. Der Mensch der Enge beobachtet.

Das Gesicht einer Magd erschien in der Menge heimkehrender Bürokräfte. Ihr stark schauendes, nie abzählendes Auge, die erhöhten Wangenknochen, die stumpfe, etwas derbe Nase, die engen Nasenlöcher, umgeben von dicken runden Flügeln, die fleischlichen, etwas breitgezogenen Lippen, das glatte, am Hinterkopf zu einem kurzen Stummel zusammengefaßte Haar, schmutziges Blond, von den runden Schultern bis zu den Wadenkeulen ein einziger Ausdruck schlummernder Arbeitskraft, nützlich zum Bewegen schwerer Geräte, zum Heben von Trögen, zum Schlachten des Lamms. Doch mit diesen Händen ist nichts umfaßt worden, was ihnen zugehörte. Mit diesen großen Händen ist lediglich getippt worden. Auf Fernbedienungen, auf Sensoren, auf Computermäuse. Es sind von diesen großen Händen praktisch nur die äußersten Spitzen kraftlos verwendet worden!

So sieht man einem Menschen zuweilen an, daß er in seiner ganzen Gestalt und Erscheinung hier unter uns, hier und heute, in einem zeitlichen Exil weilt. Daß seine Gestalt ein verirrter Fremdling ist, ausgesetzt an öder Küste, wo ihm das Leben zwangsläufig zu einem einzigen, leeren Lippenbekenntnis mißrät, da er, um durchzukommen, die Standards abstrakter Arbeit und problembewußter Redensart sofort übernehmen mußte. Die Gestalt einzig blieb unkorrumpiert und zeugt noch von seiner Herkunft. Auf der Suche nach dem Fremden verschwimmen die Unterschiede im geographischen Raum, treten sie deutlicher hervor in der zeitlichen Unstimmigkeit. Der Zeitfremde und die Einsässigen ihrer Zeit, gleich aus welchem Haus oder Land. Die Sinne unterscheiden oft bis in die kleinsten Regungen und auratischen Elementarteilchen hinein dies Fremde.

Ich ließ ein Lamm schlachten, 18 Kilo, 10 Mark pro Kilo. Es wurde vom Hirten in großen Brocken geliefert. Meine Kühlfächer konnten es nicht fassen. So wie ich mit Worten die erzählbare Geschichte zerstückle, so teilte ich hier mit dem Beil das warme Fleisch in passende Portionen.

»Der ›homo rerum novarum‹ hat auf allen Gebieten menschlichen Wertewirkens sein sehr bedeutsames Recht. Nur auf dem der Religion ist er eine wesensmäßig widersinnige Erscheinung. *Denn hier ist das ›Zurück zu‹ die Wesensform der religiösen Erneuerung selbst.*« (Max Scheler)

Alle Kinder wachsen im Gewesenen auf.
 Es ist wohl so, daß etwas von dem Alter haften bleibt, mit dem das Kind dich berührte, als es kam aus uralter Zeit. Es ist wohl so, daß wir nur so lange wahrhaft alt sind, wie das Kind uns mit seinem sinnlichen Altertum berührt.

Nichts schöner, als Diu von höchster Erwartung erregt zu sehen; nichts reiner als sein herausgelachtes Entzücken. Weder die Begabung zur Freude noch die zum Kummer wachsen bei einem Menschen. Sie werden vom ersten bis zum letzten Tag dieselben bleiben. Er kommt fertig gestimmt zur Welt. Freilich wird die Stärke des Erlebens durch das Leben selbst vermindert. Nur die Reize und Anlässe haben ihre Geschichte, verändern sich, werden gröber oder feiner und mitunter höchst sonderbar.

Aber den kleinen Sohn zu sehen und nicht alles nach ihm zu richten und zu benennen, den ganzen Tag auszukosten, an dem er *noch nicht* ist, was er werden wird und *noch nicht* um einen Tag älter!

Wie Feldsteine liegen die Lämmer im aufgrauenden Grün. Und der See unter den Bäumen ist wieder ein treibendes Moorauge. Vieles ist so, daß nur Liebe es sieht, und Liebe zu den Dingen selbst sieht es nicht.

Wie Montaigne für jedes häusliche Vorkommnis ein historisches, heroisches, poetisches Vorbild namhaft macht, so könnte ja heute jeder Häusliche seinem Ort mehr Raum schaffen durch Ausdehnung in die vernetzte Fläche. Dabei verliert er jedoch die Perspektive. Nur in der Fluchtung des Kommens und des Gehens tritt die lebendige Person plastisch hervor. Jeder gelebte Augenblick hat einen Vorfahren in der Literatur.

Vieles, was heute aus der Luft gegriffen erscheint, gebiert die Muster für das Leben von morgen. Neue Technik entwirft sich aus dem Plan und nicht aus dem Experiment. Der Verruf des luftigen Raums rührt noch von Mythen, die Schöpferisch-Sein mit der Erde verbanden. Schöpfen wir also Neues aus den Lüften, umarmen wir die Sylphen. Wenn kein Grund mehr unter dem Fuß, so lesen wir die Welt noch einmal neu aus den Winden ...

Es gibt Zeiten, in denen die Spuren der Überlieferung allmählich verschwinden, Berufe und Gebräuche aussterben – und der Fortschritt alles Frühere vergessen läßt. Und es gibt andere wie die unsere, in denen nichts vergessen wird, in denen »Funizität« herrscht (nach der Borges-Figur, die zwanghaft und autistisch alles behalten muß, was ihr je zu Bewußtsein kam). Zeiten, die so schrankenlos innovativ und erfinderisch sind, daß sie alles zu nutzen verstehen – aber nichts wirklich beherzigen, die von einer kaltblütigen und emphatischen Interessiertheit angetrieben werden, so daß sie auch bei der Lektüre alter Werke Urmodelle und Prägeformen von Neuheiten entdecken. Aus der Betrachtung einer antiken Gürtelschnalle entsteht dann die Idee einer gentechnischen Rekombination, und die Lektüre von Goethes Farbenlehre führt jemanden zur Theorie fraktaler Strukturen. Solch gewissenlos-findige Zeiten setzen dem Fortschritt keine Grenze, und es besteht einzig die Gefahr einer verheerenden Verfehlung oder die Chance eines genetischen Nachlassens der Kreativität, die einen Interessenwechsel herbeiführen könnten.

Welch ein anderes könnte dem Weltnetz denn begegnen als nur der Blitz, der es zerreißt?

Zarter als der Silberschleier der Halmrispen, dünner als der Rauch in der Waldlichtung ist der Durchschein der Libelle. Ihren Sprüngen aus dem Standflug gleichen im menschlichen Geist die plötzlichen Entschlüsse. Heimlich geht wohl alles Denken in Libellensprüngen, und denkend überwindet es das Jähe. Form und hardware animalisch, Programm und »Inhalt« versuchsweise human.

Der dicke Schäfergehilfe streckt sich ins hohe, starre Gras, der Hirtenhund legt sich neben den Netzzaun, mit dem die Herde eingepfercht wurde. Der Tag ist sonnig und kühl. Kein Tropfen Regen fiel seit Wochen. Und der Raps blüht, als triefe er von Honig. Wieder wurde ein Lamm geboren.

Hellblau die Öl-Leinen-Felder und am Waldrand ein feuerroter Streif von blühendem Sauerampfer. Ich konnte nicht oft genug vors Haus treten am Abend in der Schönheit des Dämmerlichts. Es war, als empfingen mich Ovationen für meine Existenz, jedesmal wenn ich über die Schwelle kam, vom Rang und den lichten Balkonen des Himmels und aus dem Parkett der sanften Wiesen.

Dichte Schleier, Spitzendecken, hängen über Sträuchern und Hecken, Gespinste und Verhüllungen wie in den Ecken alter Schlösser; es waren die Ausscheidungen der Baummade, die die grünen Zweige kahlfraß.

Ich habe mich gefreut, die Natter an ihrem alten Platz zu finden. Unweit der Stallungen wand sie sich über den staubigen Weg zum Gutshofwäldchen hin. Wie im vorigen Sommer.

Dem Märchen der Verführung am weitesten entlegen, dem südlichen Gewölbe des Mittags Nadir ...
Die Schönheit des Ostens, wenig aufwartend und spröd, befreit von den Schemen der Lüsternheit und weckt die Sehnsucht nach einem immer tieferen Hier. Wo doch die Sommer der Kindheit, wo die verlorene Zeit ständig wie ein Schwalch über dem Land liegt. Statt einem fremden Mädchen im Schatten der Bogengänge zu folgen, bereite ich meinem Kind die Tafel der Erinnerung und schmücke sie mit Hecken, Teichen, Findlingen und alten Scheunen.

Welchen Weg aber nehmen unsere Wege in ihm? Was wird aus den viereinhalb Stunden – große Dauer für einen kleinen Jungen –, die er mit seinem Vater wandert durch den Forst und über die Felder? Was wird aus dem unheimlichen Kribbeln im finsteren Fichtengrund, dem verfallenen Bauwagen der Waldarbeiter, den gestapelten Baumstämmen, auf denen er so geschickt balanciert, den Kranichen, die unter Trompetenstößen aufsteigen aus nächster Nähe, den meterhohen Brennesseln und Disteln, die ihn weit überragen, der Schlangenhaut auf dem Kies, platt und ausgesaugt ... Was wird aus diesem Gang, der wieder einmal gut endete, zurückführte zum Ausgangspunkt unter den turnenden Wipfeln des Birkenhains, zum Luch hinunter, wo wir den feuchten Graben auf übergelegten Ästen passierten? ... War nicht alles im wesentlichen Gespräch gewesen? Was war schon groß geschehen?

Wie es dem Allgemeinen ergehen sollte, d e m Menschen, dem Globus und ähnlichen allegorischen Fiktionen, darüber scheint ein Wissen längst breitgetreten; aber wie das Kind leben soll o h n e das Allgemeine, das als Gedanke eine Ruine ist, auf dem Kopf oder im Nacken wie eine alte Kanonenkugel lastet, so unnütz und schwer, darüber können allein *Die Mutter Der Vater Der Künstler* entscheiden. (»Man muß das Allgemeine als seinen einzigen und ehrgeizigsten Feind betrachten, darf es nie aus dem Auge verlieren und soll es in seinen Machtansprüchen stets zu überlisten suchen.«)

Leben erhält sich nur, indem die überwiegende Zahl seiner Elemente weitergegebene und nur eine Minderzahl neue, »emergente« Eigenschaften besitzen. Daher besteht jeder Tag aus mehr Gestern als Heute.

Die Schwalben haben in Kolonie das Haus erobert. Vor jedem Lüftungsloch unter dem Dachvorsprung haben sie ihr Nest gemauert. Die frisch geweißte Hauswand ist von Lehm-, Kot- und Blutspritzern bekleckert. Ihre Abstürze ins sichere Gleiten erinnern an Träume, in denen man der Nase entlang in die Tiefe stürzte und sich glücklich wieder fing.

Unter den Giebeln die Spatzen. ~~Hier gehört nichts mir.~~

Die große Trockenheit läßt Wiese und Felder im Mai ergrauen. Das Nutzland liegt verbrämt von einem Schleier des Lassens, den eine bankrotte Landwirtschaft über Acker und Stallungen breitete. Seit langem haben hier nur Arbeiter, Agraringenieure und nicht der Bauer Boden und Viehzeug bestellt.

Jetzt ist alles liegengeblieben. Und ich bezog meinen Posten vor dem rostigen Abendfrieden der Pleite. Mir gehört allein der zarte Niederschein, das Blau der Stille, das die Schwalbe nie empfand, die doch nach Lichtstand, Wärme, Brutdruck genauso hastet wie der Geschäftemacher nach der Armbanduhr.

Die Graskinder, überall stachlige zarte Hälmchen, der erste Flor auf dem Lehm, den der Gärtner geschoben und gefräst hatte, den kahlen Baustellenlehm. ~~Ich besitze hier nichts.~~ Ich habe mein Geld in Stein und Holz vergeben.

Immer noch ist mir, als sei das Gebäude bloß ein Bild, das auf unsichtbaren Stützen in der Luft steht. Als seien die Himmel so zart, daß sie plötzlich einbrechen könnten. Als bedürfe es nur eines größeren Ungemachs, und plötzlich knickten Sicht und Stille ein, Verdammte aus allen Winkeln brächen über den Ort und den neuen Siedler herein.

Es ist ein Rauschen in den Buchen, das weist von den Wipfeln aufs Meer; das Meer aber nennt sein Rauschen aus der Höhe, dem Äther empfangen, glaubt nur Empfänger zu sein, nichts sonst; doch auch der Äther zeigt weiter auf eine andere Welt, und keines will *ursprünglich* gerauscht haben in unserem Ohr...

Er habe nichts sagen können außerhalb der Versuche zu verstehen, was vor ihm gesagt wurde. So die rabbinische Lage des Schriftfortsetzers...

Plutarch, so Montaigne, habe gesagt: »Die Stoiker sagen sehr schön, unter den Weisen sey eine so große Vertraulichkeit und Verbindung... daß, wenn einer nur den Finger ausstreckt, alle Weisen, die auf der bewohnbaren Erde sind, Hülfe dadurch erlangen.« So gibt es einen zusätzlichen Äther, einen Geist-Raum, in dem geringste Druckwellen für die Empfänglichen genügen, um sich zu verständigen. Man muß sich wohl fragen, was eigentlich eines Menschen Ziel ist, wenn er seinen Geist anstrengt und ausbildet – und sich den unvermeidbaren Schrecken der Selbsterkenntnis aussetzt: nie fertig zu sein, am Ende alles vergeblich zu wissen? Vielleicht will er nichts anderes, als sich in diesem vermutlichen Äther einfinden, dieser Atmosphäre einer schwerelosen Verständigung, wo der Geist keinerlei Aufwand oder Propaganda mehr treiben muß und wo sich *einberaumt* zu fühlen das Glück selbst ist, Freiheit von der problematischen Welt!... Zu Hause ist ein solcher Mensch in den Wäldern des Horchens, an den Ufern des Ohrs. Was er sagt, horcht in die Sprache, so daß man es kaum mehr eine *Äußerung* nennen kann...

Seltsam, wie sie reden, meine Schattengesellen, hier in der Runde, und von Zeit zu Zeit die gleichen Sätze wiederholen, Hellhörige wie Maeterlinckfiguren in der letzten Kammer des zerbrochenen Schlosses, wo man goldene Ringe in der Zisterne fallen hört, wo man die Blutstropfen, die ein erlegter Eber auf den Fliesen zurückließ, lang und ahnungsvoll und immer von neuem bespricht. Wo man Ausschau hält und mit Unbehagen vom Flug des Sperbers spricht ...

In der Frühe, als ich auf dem Rücken schlief, spürte ich das geringe körperliche Gewicht meines Vaters, der auf meiner Brust kauerte und in mich hineinhorchte. Als ich erwachte, floh der Geist nicht schnell genug, so daß ich ihn am Druck, der wich, erkannte.

Unter dem allesbleichenden Sommer erscheint ein Mensch, sein Schattendasein führend, als der selige. Die gleich gleißenden Tage, an denen die Schwalben verlangsamt durch den schweren Glimmer segeln.
  Schelling sah aber den Schrecken als das Tiefste und Letzte der Welt.

Der Tod war immer da, immer der ganz Nahe, er war es, der lediglich in d i e s e m Augenblick nicht zustößt. Und war doch der Schöpfer des Jetzt. Der in diesem Augenblick Nicht-Zustoßende.

Der Vater folgt seinem Kind. Die Wege der Berührten sind unbeirrbar. Wer ihnen in den Weg tritt, erreicht nur, daß sie für einen geduldigen Moment stehenbleiben und wie Schlafwandler unerklärlich lächeln. Wiche er ab oder erwachte, so verletzte er die *An*ziehung, die die natürliche Voraussetzung der *Er*ziehung ist.

Im Angesicht des Kindes ist jede Gesellschaft fürchterlich. Hauchdünnes Sterben, wohldosiert ins Blut gegeben, wenn es aufwächst, kindauswärts läuft, jeden Morgen einen Schritt schneller, obgleich ich's doch so fest bei der Hand nahm, wenn wir über die Brücke gingen zum Kindergarten, unter uns kroch die Fahrzeugschlange auf der Autobahn, durch den Donner konnten wir uns nur mit lautem Rufen verständigen ... Etwas von solchem Morgen suchte ich einzuträufeln meinem Blut, so daß es mir immer wiederkehrt, lebendig ... Dann die erhöhten Abschiedsrufe, wenn ich Diu im kleinen Souterrain-Laden bis zur Garderobe brachte und er ein wenig, nur ein wenig scheute, fremdelte, mich für eine Minute nicht gehen lassen wollte, mit zur Tür kam und mir nachrief: »Ich mal dir ein Bild, ich mal dir ein Bild!«

Die grüne Brandung der Bäume im Gutshofpark, die der Wind peitscht. Wie sie wirbeln und schäumen, die Laubwogen! ... Es wird keine bessere Zeit kommen. Sie ist immer schon da. Und kann nur ein Leben lang versäumt und unentdeckt bleiben.

Und wenn das Vergehen selbst verginge? Sie werden die Chemie der Erinnerung so beeinflussen, daß jeder beliebige Zeitpunkt der Vergangenheit aufrufbar und downloadbar wird, von einem Augenblick der Gegenwart nicht mehr zu unterscheiden. Die neurochemische Stimulation, die das Verlorene überwände wie früher ein Gedicht.

Wie kann nur der Sturm so rasen? Wo noch kein schwerer Sommer steht, den er vertreiben müßte. Die Wolken zerfetzt er, jagt ihre Schatten über die Wiese. Jedes Gras wird Fluß unter dem Wind, fließt hangaufwärts in schlängelnden Schnellen. Windstille, ein Oasentraum. Und der sommerbleiche Fuchs schnürt durch seine Furt.

Unter der Sturmgeburt des Sommers gingen wir zum Schwimmen im Weiher. Und dann über Stunden froh durch die Felder. Den Gesichtskreis schritten wir wieder aus: soviel Weg, wie ich von meinem Tisch erblicken kann. Und im Getreide lag die rotentzündete Flechte des Mohns, das feurige Ekzem, auf der grünen Haut der jungen Gerste. Der Flimmer wehender Grannen streifte die Hand unterwegs wie ein junges, borstiges Tier.

Auch sahen wir den scheuen und seltenen Schwarzstorch aufsteigen aus dem aschgrauen Geäst ertrunkener Bäume im Luch.

Ein Tag von großer Klarheit. Ein Tag nur aus Himmel und ein Himmel ganz aus blauem Porzellan!

Wie sich der Wintertag erfüllt an einem heißen Mittag im Juni und den ersten Schritt ganz nahebringt, den Diu und ich auf das feste Eis des Weihers setzten!

Im Zenit des Jahrs, im Stillstand das Ganze. Alle

Färbungen, Stimmungen der vier Temperamente überblendet. Ich erkenne die Dürre am blühenden Strauch, erkenne die Dunkelheit und den Rauhreif im Sonnenglast.

Soviel Schönheit verdienst du nicht, der du nicht warmherzig von ihr zeugst! So dachte ich und stieg am Abend über den Hügel hinunter zum Zaun. Ich sah den hellen Sprüngen der Lämmer zu. Der Bocksgesang, den ich einmal unvorsichtig berief, war vorgerückt bis an mein Haus. Ein heiteres Mecker-Konzert mit obstinaten Bässen.

»Wer immer in Zukunft hier ein und aus gehen mag, wie oft an den Wandhaken die Kleider auch wechseln werden, dies ist das Haus, in dem wir den Anfang machten, und dein Vater mit dir keinen Tag ohne Freudenseufzer verbrachte.«

Ich muß meinen kleinen Sohn in eine Gesellschaft einführen, die ich für verbraucht und debil ansehe. Von der ich nichts anderes erwarte, als daß ihr ein langsames, vielleicht aber auch ein schleuniges Ausbluten bevorsteht.

Auf keiner Seite, bei keiner politischen Abteilung kann ich Gutes erkennen oder nur eine Aussicht, einen Entwurf. Es handelt sich durchweg um Geschachere im moralischen wie im strategischen Sinn. Dies müßte ich Dir von unserem Hügel an Beispielen vorführen und erläutern. Einem Hügel, von dem aus nichts zu lenken oder zu beeinflussen ist, der nur einen entlegenen Aussichtspunkt darstellt, um nüchtern und gespannt die dilatorischen Schachzüge eines unvermeidlichen Schicksals zu verfolgen.

Die Hitzetage lüftet ein leichter Sommerwind. Personen des früheren Lebens huschen in meinem Rücken durch die Räume, wo die Türen alle offenstehen, beliebig hereingewirbelt vom leichten Zug zwischen Treppenhaus und Zimmern. Fragil in ihrer dünnen Gedächtnishaut, schweben sie über den trockenen Lehm, der betonhart erstarrte unter der Mittagsglut. In diesem Haus, das so ungeschützt im Licht und im Wetter steht, gibt es auch kein Versteck im Keller oder Dachboden. Und doch: welcher Eindringling nistet da im kornfarbenen Durchschein? Kein Hauch von Pan im Mittag meines ostdeutschen Sommertags, dessen einzige Vision ein knotiger Wanderstecken wäre. Doppelt stehendes Land hier, wo man in Mauern auch die Zeit gefangenhielt. Kein edler Versfuß hat diesen Lehm je gestreift, und keinen anstimmenden Ton bringt diese Erde aus sich selber hervor. Auch keinem vorgesungenen wird sie sich mit leiser Schwingung je fügen. Und doch weht diese bald achtzigjährige Eiche in meinem Garten und steigt der Seidenwind auf in den schlohweiß gebleichten Halmen am Hang und zittert der muskatrote Schimmer über den reifen Kornfeldern am Südosthügel, besitzt alles hier, Farbe und Windstrich, ein nahes »Vorzeiten«.

Wie fehlt mir ein Frager jetzt!
Man muß alle wesentlichen Fragen an sich selber

richten. Was von anderen kommt, sind ausschließlich Bagatellfragen. Sie fragen ihr Fräglein. Nur einmal bäumt sich ihre Frage mit ungeahnter Kraft auf, dann, wenn sie absolut unbeantwortbar ist: »Warum liebst du mich nicht mehr?«

Wer weiß oder ahnte auch nur, welcher Frage ein Mensch in einem bestimmten Augenblick bedarf? Beinahe jede im Umgangston gestellte Frage enthält eine Schutzfunktion, die sie davor bewahrt, die entscheidende, die ersehnte, die wirklich naheliegende Frage zu sein.

Im Mulchstreifen der Hecke wird das Unkraut gestochen, Distel, Sumpfampfer, meterhohe Klettenarme ausgerottet. Nur weil es in Unmengen aus dem Boden schießt, wird es gehaßt; die lila und violetten Blüten sind ebenso schön und den Faltern die gleiche Freude wie die der Zierpflanzen, die sie freilich unterdrücken und ersticken.

Der stehende Sommer mit 35° im Schatten zwischen den beiden Häusern, die Weiden versengt, die jungen Linden mit tabakbraunen Blättern, die Kühe abgemagert, die spitzen Knochen ragen aus der Kruppe. Die Seen trüb und mit Blütenstaub bedeckt.

Die schwarzweiße Mutterkuh brüllt und trabt alle zwei Stunden den Hügel hinauf bis zur Stelle, wo ihr Kalb abtransportiert wurde. Den Hals vorgereckt, eine kabeldicke Sehne schwillt an ... das Maul röhrt, sie ruft nach der verlorenen Geburt.

Dunkle Wolken ziehen auf und entladen sich nicht. Sie grollen müde und gutmütig. Ein stechendes diesiges Licht. Hier hat man den Rappen schon falb werden sehen. Mitten im Sprung entfärbt.

Fliegen, Brummer, Falter, die auf dem gekippten Fenster aufwärts wollen und nur im Abgleiten, wenn sie widerstrebend seitwärts treiben, manchmal, zufällig, den freien Ausflug finden. Notreifes Korn auf den Feldern, verschwindend kleine Weizenkerne. Nur immer an seinem Platz, schweißnaß oder fröstelnd, jeden Morgen, gleich ob dicker Nebel von den Augen tropft, ob Putten-Wolken rosig in der Hitze liegen. Einer, der nur noch mit den Fingern an den Büchern spielt, dem beinahe alles zu Bleiben, Sinken, Starren, Lassen wurde.

Es wirbelte ein froher Nimbus, fünf Weißlinge, über dem Rücken der Mutter, die über den Kiesweg ausging zur Nachbarin. Gewiß, es war ein Zeichen. Aber außer dem Tanz will man's nicht deuten.

Statt der Lämmer springen seit kurzem die Kälber um die Sölle. Die Schäferei hat man wieder aufgegeben. Ein braunes Stierlein will das stärkste sein und nimmt mit allen anderen den Stirnkampf auf. Langsam kommt Müdigkeit über die Herde, wenn auf dem auberginefarbenen Samt der Dämmerung der Brillant Venus funkelt. Manchmal noch ein hohles Brüllen. Gang und Tritt der Mutterkuh, eine träge Woge von Kraft, die alle Glieder durchläuft. Keine findet mehr einen frischen Halm. Das Winterfutter, in weiße Folie geschweißt, gepreßt zu großen Ballen, liegt am Wegrand wie eine aufgelöste Perlenschnur. Wenn die Eisenbahn hinter den Feldern und hinter dem Wald vorbeirollt, führt ein Tunnel voll klirrender Räder durch die Luft, die klamm und grau und überaus hellhörig ist wie eine dünne Wohnung.

Hitze, Dürre, verbrannte Weiden, staubige Wege, Glast, Ozon in den unteren Schichten, zur Unzeit wird die Sillage verfüttert ans Vieh. Verboten, die Wälder zu betreten im Großkreis Uckermark, so bedrohlich ist die Waldbrandgefahr. Man soll viel schlafen, eine Menge Wasser trinken und kein Eisbein essen. Die Haut einer Vierzigjährigen altert in diesem Sommer um einige Jahre ihrem Herzen voraus. Solange döst man, bis auf den heißen Nacken die Nacht weht ...

Die trockenen Bäume rauschen wie ein Rinnen, das es dem ersehnten Regen vortun will, wie man Hühner anlockt, indem man sie nachahmt.
 Manchmal betastet ein Schwarm wilder Bienen das Haus an seinen Kanten, eine grieslige Windhose von Insekten untersucht die Sparren. *Ein* Schwarmauge prüft sie.

Wenn Wind käme, wäre der Regen nah. Wenn Regen käme, würde die brüllende, schmachtende Weide still.

Nachbars, Schnitters, schachendes Sensenblech, metallischer Schnitt an müden Halmen. Schritt um Schritt im breiten Abend. Wie ein Laiendarsteller des

Todes. Mein immerjunges Ungenügen, das Wenige nicht genau genug zu wissen. Das kleine Weizenfeld in seinem Garten mäht er, um das Heu im Winter an seine beiden Schafe zu verfüttern.

Jeder Gewitterbausch, jedes fette Gewölk dünnt und hellt in den langen, weiten Osten aus, verliert nicht einen Tropfen Wasser, entzieht's uns wieder. Immer siecher wird das Wolkenschwarz, das gesunde, pralle, es bleicht und kränkelt, verstirbt noch vor der Nacht, und wieder von fernen, trocknen Sternen spürt man es brennen, so nah war uns der Regen, so wirr hat uns sein Betrug gemacht.

Krähen, was sucht ihr in der hellen Nordsommernacht? Über den heugelben Weiden? Die Nacht wird nie über euren Flügel reichen. Der Mond satt und protzgelb, mit leichter Schlagflußröte. Manchmal hört man gedämpft in der Hitzehülle der Weide einen Schuß auf einen Hasen, nicht mehr, als hätte jemand eine Papiertüte geknallt. Und die Eiche sagt, was das Rauschen der Walnuß ihr eingab. Alle unter sich. Jetzt in der Nacht.

Wenn ich Diu nach dem Vorlesen im Bett, sobald er allein ist, sein Gebet sprechen höre, denke ich ... um wieviel sinnvoller ist es, das Leben im Vertrauen zu begründen statt im Mißtrauen, das mit dem Sturz des Heiligen allzu früh geweckt wird und sich rasch ausbreitet, fortfrißt bis in die Liebe. Während aber das Kind sich im ganzen aufwärts richtet, blicken die Älteren nur gerührt zu ihm herab, statt von ihm zu lernen.

Stimmloses Tschirpen der Schwalbenjungen unter dem Dach. Unaufhörliches Quietschen, wie wenn man trockenes Leder über Glas reibt. Wie alles Neugeborene kennen sie den Rhythmus von Tag und Nacht nicht und werden nach Sonnenuntergang besonders munter. Ihr Hunger muß entsetzlich sein, es sind viel zu wenig Mücken in der Luft.

Feuer! Alles kann sich von selbst entzünden! Rauchen Sie nicht! Wenn ich Sie rauchen sehe in diesem Haus, auf unserem Hof, so ist das in meinen Augen ein Mordanschlag, und ich schieße Sie nieder!
    Ein Blaumann und ein junger Tierarzt in kurzärmeligem weißen Hemd suchen im Bruch nach der Kuh, die im Sumpf versank.

Nachts hin und wieder Scheinwerfer auf der fernen Straße, die aufblenden hinter dem Wald; es freut die Mutter, sie erkennt den Rand der Abgeschiedenheit am fernen, lautlosen Verkehr.
    Die fünf Weißlinge aber krickelkrakelten etwas über ihrer Schulter in die Luft.

Vom grausamen Sommer reden die Zeitungen. Wie von einem Massenmörder. Die Kühe verkriechen sich unter den Bäumen des Bruchs. Ein Grünspecht, großer Vogel mit roter Haube, gelbem Schwanz, lag tot auf dem Balkon. Er muß am Abend gegen die große Scheibe meines Arbeitszimmers geprallt sein. Der leicht gebogene Schnabel klaffte ein wenig, und die lanzettförmige Zunge war blutig.

Vom Fenster unter dem Dach den Sohn gerufen: Diu, ein Pünktchen auf dem Fahrrad in der Senke hinunter zum See. Wir rufen uns über bald einen Kilometer durch die weiche warme Luft. Die Bodenwellen heben den Schall. Wer ist dieser Liebe?

Hier, Wedelsberg, das aufgegebene Vorwerk, wird durch ihn zum seligen Bezirk, hier hat er selbst runzligen Lehmklößen von Menschen Freude gebracht ...

Wie seine Stimme fliegt, das helle Geläut zwischen Hecken und Haus, ich hör's, unten in der Kuhle, wie er singt und fliegt ... Ums Haus ist es sonst still, der Roller des Zaunkönigs noch, aber müder als die Tage zuvor. Es wäre nicht verwunderlich, einen Eichenheiligen aus der Eiche hervortreten zu sehen, der die Hand nach uns ausstreckt, uns einlädt, mit ihm in der Krone zu verschwinden, ein Wehen zu werden, wie er selbst immer war.

Du lebst nur, um Minute für Minute zu bestätigen, was in Versen und Zeilen seit je geschrieben steht. Und außerhalb deines bestätigenden Herzens lebst du nicht.

Was die Kinder sich weitersagen: der Wels im See verschlingt das Entenküken.

Der Feldhase eilt mit angelegten Löffeln, mit Sprungfederbeinen. Er flüchtet *immer* um sein Leben. Oder sitzt im Stupor. Vom Schrecken regiert. Die Hormonuhr steigt gleich auf den höchsten Alarm.

Die Goldammern rasten in der Eiche. Ihr einfältiger Staccatoruf: Wie wie wie/hab ich dich lieb. Hoffnung auf Regen. Der Siebenschläfersommer erfüllt sich auf den Tag.

Im klaren Morgen stand die weiße Leiter aus dem See und führte hinauf in eine duftige Baumkrone.
  Der blinde Mond gestern nacht, das Füsslische Pferdeaugenlicht löste die Geister aus den Wassern und den Wiesen.
  Es gibt nichts, das Diu nicht tun möchte, um seinen Könnensdrang zu befriedigen. Er läßt es sich nicht nehmen, den Frühstückstisch zu decken. Rückt einen Stuhl an den Schrank und holt Tassen und Gläser herunter. Man muß ihn niemals daran hindern, irgendeinen Unsinn zu tun oder etwas zu zerstören. Im Gegenteil, er ist ein Enthusiast der Ordnung und von einer artistischen Gefüge-Lust beseelt. Seine zerstörerischen Impulse läßt er, oft abgeschirmt von anderen, allein in seinem Zimmer beim Ritterkampf aus.
  Das Kind kann schreien in der Sommerstille unseres Lands, kann vor den schrillen Gentern seinen »Freischütz« singen. Hier muß es seinen Schall nie zügeln, niemand hört, kein Nachbar wird gestört, die Vögel lassen sich nicht unterbrechen.

Wer verdirbt zuerst ein Kind? Andere Kinder. Dius Freunde erklären ihm, daß es Gott nicht geben könne. Aber nicht nur hier, in diesem vom Atheismus verheerten Osten, klingt kein gottzugewandter Ton mehr aus menschlichen oder kindlichen Stimmen. Auch anderswo klingt jede Redeweise heute ungerührt atheistisch. Der gottzugewandte Ton spricht durchaus nicht von Ihm, er predigt Ihn nicht – er kommt indes in jedem besseren Du zum Ausdruck und verstärkt es.

Die Macht der Religionen geht ihrem Ende zu... Wie oft las man es nicht in den Gedankenwerken der Moderne! (Und ich zuletzt wieder in Canettis »Masse und Macht«.) Und dann ersteht die Macht der Religion aufs neue. Noch im selben Jahrhundert, da man sie totsagte. Erhebt sich wieder, nur eben an ungeahnter Stelle, wie im Fall des Islam.

Die neue Teilung der Sphären ist längst vollzogen. Die eine Seite führt den Glaubenskampf, die andere ringt um tieferes Verständnis für den Andersgläubigen. Es wäre ja auch denkbar, die eigne sakramentale Identität in solchem Konflikt wiederzuentdecken oder zu stärken.

Sind aber Toleranz und Liberalität nicht in Wahrheit die Kriegslist des Friedens? Wenn in Rom eine Moschee erbaut wird, beten die konservativen Katholiken fünfzig Ave Marias und flehen zur Kaiserin Theulinde, die einst die Christianisierung der Langobarden durchführte. Doch erfolgreicher war es bislang, nirgends ein Bollwerk zu errichten, überall dem Anders-, ja, Feindlichdenkenden den größtmöglichen Raum zu eröffnen. Allerdings zielte dies immer darauf, daß Auflösung auch die anderen ergreife und Assimulation sich auf Dauer (wirtschaftlich) segensreicher auswirke als asketischer Radikalismus.

Alles hängt davon ab, ob Auflösung im westlichen Sinn die zentrale Gewalt bleibt und eine letzte, unüberwindliche Bastion.

Die Gestimmtheit, die anführen soll mein Kind. Nicht Lehre, nicht Linie.

Für den Menschen spricht nur das Gesicht. Der Verstand ist zur Artbestimmung nicht ausreichend. Man fragt sich, weshalb die Katze einem in die Augen schaut. Sie kann darin nicht lesen. Aber wohl ist es etwas Tieferes, Früheres als der menschliche, der humane Schimmer, den *wir* lesen können, und dieser Schimmer ist für das Tier durchsichtig hin auf das ferne Feuer, das ihn wirft.

Die Kühe haben wieder dieses tiefe Stehenbleiben, in dem sie verdauend auf das Wetter fühlen, wie es kommen wird.

Donner, auf fernen Lagerböden verrollte Fässer. Die halbe Nacht über schüttet es.

Die Spatzen, die in großen Wolken von den kotigen Weiden aufsteigen, auch sie nur Mücken, wer hätte es gedacht, nur eine geringe Entfernung genügt und dies Wehen und Schwenken des Schwarms macht sie den Mücken gleich, wo Zahllose zusammenschwingen und sich zu e i n e m Flugkörper formieren, der im Schwingen Richtung und Lenkung bekommt.

Vollkommen unklarer Mond! Was heißt verklärt? Nur ein zerlaufener Margarinebatzen. Nebellumpenlohe. Kein Herr, keine Dame. Schmelzende Kälte. Trugleuchte oder Leuchte ohne Licht. Illux. Verschwommenes Scheelaug! Gegen uns, gegen das gute Wetter, die gute Erde, die gute Laune gerichtet. Faule Funzel! Und morgen Regen. Von morgen an wochenlang Regen. Abschied des Monds in schlappster Schwäche. So bald nicht wieder. Jetzt mondlose Unwetter, Brüll- und Tobenächte. Schlechtes Bild zur Erinnerung.

Das ist nun da, ein Haus und die Entlegenheit. Der Garten dazu, die Obstbäume, die Scheune, die geheimnisvollen Nebel — und doch ist das Kind darin ein hinausziehendes in jeder Minute. Wir, die mit ihm in unsere eigene Kindheit einkehrten, verfehlen unser Kind, wie zwei in entgegengesetzte Richtungen Reisende.

Hier ist alles bereitet: für unseren Abschied — und seine viel, viel spätere Rückkehr. Hier wird er uns suchen dereinst, sofern ihm nicht unterwegs die Seele geraubt wird, hier wird er sich unserer erinnern, hier wurden seine glücklichen Tage gepflanzt. Es wird ein Wettstreit entstehen zwischen diesem verklärten Inbild und den vielen suggestiven Bildern der Zwischenzeit, die es tilgen wollen. Ungewiß ist, ob dieser zeitlose Ort, der Garten, sich durchsetzen wird gegen die rotierenden Schatten und das maßlose Gezaubere der Ortlosigkeit.

Der Garten ist kaum anders, als zu meines Vaters Zeit ein Obstgarten war, obgleich wir unterdessen von tausend Laserstrahlen schon getroffen und geblendet wurden.

Ich gebe weiter, was an mich einst weitergegeben wurde. Es gibt kein anderes vorsorgliches Handeln. Ich stehe ein für das, was war, für nichts sonst. Und die alten Geschichten, die ich aus den Jugendtagen meines Vaters (am Ende des vorigen Jahrhunderts!) nacherzähle, streuen auf mein Kind die Saat des Erinnerns, so wie ich selbst sie empfing – doch niemand weiß, ob sie ihm später einmal den gleichen Nutzen bringen oder im Gegenteil ihn gerade behindern wird, weil seine Zeit nach anderen Voraussetzungen verlangt.

Was aber gebe ich aus meiner eigenen Gegenwart dazu? Bis jetzt nicht viel Klügeres, als daß man sich gegen eine verschleuderte Welt einen welthaltigen Garten anlegt, gewissermaßen ein geläutertes Konzentrat aus Pflanze, Buch und Träne.

In einer einzigen langen Friedensära steigen und schwinden die Kräfte nach geheimem Gezeitenmaß. In Wahrheit findet sich jede Stunde in einem offenen Geschaukel zwischen vor und zurück. Es gibt nur e i n e n immerwährenden Daseinskampf, und das ist der zwischen Kreis und Pfeil. Zwischen zyklischer und linearer Zeit. Nichts, was wir sind, denken und träumen, gehört nur einem Zeitraum an. Wir denken, träumen, hoffen im immerwährenden Kreis und existieren in abfallender Linie.

In der Stadt, im Kommerz der flüchtigen Berührungen war ich wach. Hier draußen verfällt die Wachsamkeit und das Vertrauen nimmt zu, wenn es auch unverschenkt bleibt. So ist es eben. Die besseren Eigenschaften treiben nach, entwickeln sich spät, wenn niemand mehr da ist, dem sie gefallen könnten.

Wie sagt Critilo bei Gracián? »Da ich mich ohne lebende Freunde sah, nahm ich meine Zuflucht zu den Toten. Ich verlegte mich aufs Lesen und begann zur Person zu werden... Es ist wohl wahr: ich schlug die Augen auf, als es nichts mehr zu sehen gab, denn so pflegt es ja zu geschehen.«

Da ich kaum noch jemandem begegne, wird die Begegnung zu jenem Traum, den die Geselligen einst von der idealen Gesellschaft hegten.

Unablässig der Blick ins Freie, über den weiten Aufbau und die sanfte Entfernung von Landschaft, immerzu sitzen und starren, starren und säumen, der strohgelben Ruhe in Ruhe entsprechen. Und doch rührt sich eine letzte arglistige Täuschung: als gäbe es noch ein Warten, Warten auf einen Ruf, Zuruf, ein Zurückgerufenwerden, ein Warten überhaupt. Doch an diesen Saum grenzt nichts als die Nacht.

Die Stille bereitet die Furcht vor dem Jähen... Man wird in irgendeiner »nächsten Sekunde« aufspringen und die Hände vor das Gesicht schlagen! Die Stille brütet die Sekunde des Entsetzens aus. Meine Hände, ich hoffe, werden ein Gesicht aus Stein und Moos bedecken.

»Auch wenn du tot bist, werde ich das Haus nie, nie verkaufen«, so schwur Diu, als wir heute ein ausgebrochenes Kalb einzufangen suchten und durch unwegsame Büsche streiften. »Was wir nicht alles erleben!«, auch das von ihm. O ja, wir im dämmrigen Nieselregen ... Ich empfinde eine tiefe Genugtuung, mein Kind hier froh über den Kiesweg laufen zu sehen, ich spüre die süße Macht, Schöpfer seiner Erinnerungen zu sein, ans Haus im großen Garten, an Wiesen und Wälder, die es umgaben, an das immer wieder auftauchende freie Land, das er vor sich hatte, als die Welt ihm noch nicht bewußt und dies hier sein Weltraum war.

Meinst du, es lohne noch, anderen ins Gedächtnis zu rufen, was schön ist? Die runden Feldsteine, die der Regen aus der Erde drückt und die in den Furchen des jungen Winterweizens liegen – der hellen Steine sterndeutende Linie. Davon zu sprechen, scheint nur eine schlechte Übersetzung ihrer runden Stummheit.

Welch niedrig blau und gelbes Himmelslicht am Nachmittag halb fünf! So sacht und stark, daß alle Lachen, Wasserflecken, Seen von ihm glänzen, wo rings der Napf, das Tal, schon vom Dunkel überläuft.

Und wenn ich auf meinen Wegen den ein oder anderen toten Baumstumpf, armlosen Kerl, vom guten Bekannten zum Freund befördere, so zeigt sich, daß mir inzwischen Beständigkeit mehr bedeutet als Lebendigsein.

Wenn ein Ort zur Bleibe wird, wie wandellos erscheint die Zukunft! Und wie mit wandelloser Zukunft erfüllt der Ort! Ich wage oft nicht weiter auszugehen, als ich das Haus noch aus der Ferne sehen kann, mein Wohnen.

Die lotrechte Stille hält an. Kein Wehen, kein Flüstern. Die Vögel schreien wie in einem Käfig. Das hohe, regenschwere Gras liegt niedergedrückt in Wirbeln und flachen Strudeln, angehaltenen Wellenkämmen.

Die Schwalben klopfen ans Haus, nun auch auf die Balken im Giebel, wo sie ihre Nester zu mauern beginnen, obwohl sie keinen geraden Abschluß haben, sondern den spitzen Winkel, den sie bisher verschmähten.
Sie mauern ständig schimpfend, rauben sich den schleimigen Lehm aus dem Schnabel, keines kann es dem andern recht machen. Sie klappen die Flügel auf dem Rücken zusammen, als wollten sie wie einer, der mit dem Munde malt, ein unwillkürliches Mittun der Extremitäten unterbinden.

Industrie der Summenden über tausend Kleeschornsteinen weiß. Die Vormittagssonne hat alle Halme hochgehoben wie erschöpfte Turner. Der junge Bussard steigt in Spiralen hundert Meter über seinen Freund, er kichzt und schrillt vor Freude, und mit einer kühnen Schwinge, wie ein Delphin sich wendet, geht er in die Kehre, ein kurzer Purzelbaum im glatten Gleiten, ein Überschlag.

Tschilpen, trillern, schirken, quietschen, zwitschern und flötzwitschern, alles mit überschärftem Klang, sehr nah und doppelt erregt, weil kein Wind geht. Etwas Stehendes, wenn nicht gar Herumstehendes hat die Luft. Hier bin auch noch ich: ich niese einmal kräftig zwischen alle Vögel. Die Schnecke haftet reglos fest am grauen Sockel des Hauses.

Daß ich das noch hören darf! sagt die Mutter, die Nachtigall! Seit dreißig Jahren habe ich sie nicht mehr gehört. Daß ich das noch sehen darf, die Abendröte. Nie kam sie zu mir ans Fenster daheim. Danke für den schönen Tag, sagt sie, wenn ich sie verabschiede vor dem kleinen Haus, in dem ihr Zimmer eingerichtet ist.
Sag mir, Greisin, sag mir ein einziges Wort: Was war? Um Himmels willen: was war? Sie aber, stärker als jedes Kind, ist erfüllt von der unvergangenen Stunde. Was war, lebt kaum noch mit ihr, liegt weit hinter dem Zaun.

Der Regen der Nacht, der Regen des Tages. Gleichmäßig plätschert das Rinnsal durchs Fallrohr. Nun fast wie ein olivgrüner Fluß das niedergedrückte Gras, das vom Hügel in die Mulde und dann bis zum Graben des Bruchs zieht.

Die Bäume spreizen unter dem kräftigen Himmelsguß die Blätter. Vor allem die kleine Robinie auf dem Vorplatz ist ganz steif vor Trunkenheit. Auch im anhaltenden Regen hört man eine Steigerung und das

Anschwellen zur Flut. Tatsächlich – binnen weniger Minuten stand der Keller unter Wasser. Vor den ebenerdigen Fenstern stauten sich aufgespültes Erdreich und Sturzbäche, die vom Vorplatz nicht abfließen konnten. Ich geriet in Panik, heulte und schrie. Vergeblich versuchte ich mit übriggebliebenen Dachziegeln den Wasserlauf abzulenken. Ich fuhr durch riesige, teichartige Lachen zum Nachbardorf und beschimpfte den Gärtner, der mir den Platz aus Kies und Schotter so angelegt hatte, daß er jetzt unter den Wassermassen zu brechen drohte.

Er kam mit seinen Gehilfen, sie stachen einen querlaufenden Graben, und das Wasser floß frei die Böschung hinunter. Die Männer wischten und pumpten den Keller aus. In einer halben Stunde war das Debakel behoben, das für mich das Ausmaß einer Naturkatastrophe angenommen hatte.

Kaum war es eingerichtet, das Haus, wollte das Wasser hinein, wollte dazu, wollte drüber hinweg. Stand und staute sich am Fenster, erdbraun und schlammig. Der Schock bewirkte, daß meine Liebe zum Haus um ein paar Wärmegrade nachließ. Vor allem hatte mich schockiert, daß ich mir nicht selber zu helfen wußte.

Ich wollte es pur: alles, was den Ring schließt. Das Haus, aus dem ich kam, wiedererbauen. Das Kind, das ich war, an meiner Hand führen.

Und mit der Mutter reglos sitzen vor meinem Haus, erschüttert von der Kürze der Zeit, wenn wir, auch heute wieder, von früher sprechen.

Mein Haus steht auf einem von Schweinegülle getränkten Grund. Der Stickstoff treibt Melde, Sumpfampfer und Klette im Übermaß aus der Wiese. Es geht darum, etwas Gesagtes zu verwischen. Irgend etwas immer wieder ungesagt zu machen, unter weiteren Worten zu begraben ... Hechtgrau fliegt das Gewölk, hechtgrau sind Brüstung und Balkon. Darunter graubeschienen das Gras, Baum und Sträucher dunkelgrollend. Tiefe Wolkenbüsche spiegeln gewölkte Büsche, bücken sich zur Erde und ahmen nach. Alles sucht nach Ähnlichkeit.

Einst glaubte ich aufrichtig, die Sinne der Menschen würden sich allgemein so verfeinern, daß ich schon in naher Zukunft ein durchschnittlich empfindender Mensch sein dürfte.

Das Schöne, das Schöne unter Menschen ist seit jeher das, was ihnen verlorenging ... ist, was sie ihrem Wesen nach versprechen zu sein und ihrem Wesen nach nie einhalten können.

Die natürlichen Lebensgrundlagen mögen durch künstliche ersetzt werden. Die Zerstörung der Natur macht den Menschen zweifellos erfinderisch. Zerstört man aber das anschauliche Vermögen, so wird ihm jeglicher Schönheitssinn geraubt.

Aber nein! Auch Maschinen, Fraktale, virtuelle Räume beanspruchen den Schönheitssinn und zeugen adäquat, zeugen lebhaft von Vielfalt und Reichtum der Formen, welche die der verschwundenen Natur bei weitem übertreffen! Die Sinne werden nicht abgestumpft, sie werden im Gegenteil feiner und wendiger, die Artistik des Bewußtseins nimmt zu.

Alles ist künstlich und künstlich erzeugbar. Träume, Kinder, Weltbilder. An die schöpferische Naturwidrigkeit ist der Mensch gefesselt. In Wahrheit ist seine Geschichte ein unaufhörliches Programm der Verkünstlichung. Nicht eine Pflanze im Garten, wie Gott sie schuf. Alles gezüchtet, bearbeitet, veredelt. Genmanipuliert. Nun denn: veredeln wir uns! Kristallisieren wir, technifizieren, artifizialisieren wir das Beste vom Menschen und bewahren es so vor seinem geschichtlichen Untergang!

Möglich, daß sie Edle erschaffen werden, deren Leben nicht mehr von äußeren Eindrücken, geschichtlichen Lagen etc. abhängt, sondern allein von inneren Vorspiegelungen und Stimulationen. Ein hermetisches, erhöhtes, zeitentbundenes Erleben, das ungerührt und ohne Widerspiegelung durch Ödnis und Chaos, Schrott und Ramsch seinen Weg bahnt.

Der Gedanke, den ich am meisten hasse: daß die Ähnlichen, die Menschenähnlichen es schaffen werden. Daß eine technische Geistigkeit, sehr hochstehend, sehr sublim, alles ablösen wird, was der Mensch mit Würde als sein Dilemma durch die Jahrtausende schleppte. Was ihm Anlaß zu Trost und Verzweiflung, zum Nachdenken und zur Besinnungslosigkeit bot. Die Unglücklichen sind dann alle umsonst unglücklich gewesen. Nicht Auflösung, sondern Ablösung ohne Rest, ohne Mangel oder Mangelgefühle zu hinterlassen.

Die künstlerische und intellektuelle Kultur beherrscht in der heutigen Öffentlichkeit ein Majoritätsrest, die Mehrheit sind Übriggebliebene einer verfallenden Betrachtungsweise. Kein Wunder, daß ihrem Aussterben eine giftige Wut entweicht, die sich nicht gegen die Ähnlichen richtet, die unvermeidlich sind, sondern gegen den militanten Anachronisten, der in der Revolte des Abschieds (für den sie nicht das geringste Gespür besitzen) seinen Stand sucht. Vergeblich, zweifellos, und doch nach Art der Rhapsoden seit jeher, die das Vergangene, Verlorene als einziges Hab und Gut mit sich führen, Davonziehende immer, nichts anderes im Sinn als die Sonne und daß nichts Neues unter ihr.

Gefäße, die nichts wiedergeben – statt der Körbe und der Krüge, die einst überliefen. In langen Reihen stehen Köpfe aus der Erde, die inwendig hohler werden vom Behalten. Die endlos nehmen und nichts wiedergeben. Womit man die geizenden Gefäße auch füttert, es steigert nur die Dichte ihrer Leere ... Ich fürchte die Überblicker, ich fürchte die Gedächtnis-Zyklopen, die eiskalten Mutanten der Mnemosyne, die aus der Kreuzung von technischem und autistischem Gedächtnis entstehen ... die entfesselten Erinnerer, die unter Ausschaltung des umwälzenden Herzens ... niemals vergessen können.

Die Welt war bis jetzt nur ein lebloser Kloß und harrte des Worldwideweb-Demiurgen. Erst wenn man ihren Leib mit genügend Gefäßbahnen, Informationskanälen durchzieht, wird sie die Augen aufschlagen. Nicht die »Gesellschaft«, nicht Menschen drängt es zur Revolution ihrer Beziehungen, sondern der neueste Stand der Technik, irgendein Spitzenprodukt ihrer selbstbezüglichen Entwicklung, verlangt sie von ihnen. Die Gesellschaft paßt sich nur noch an, verliert und gewinnt dabei, verändert ihr zwischenmenschliches, bald auch ihr elementares Verstehen des Menschen.

Netzüberworfen Aphrodite und der Kriegsgott. Im Vollzug des Ehebruchs, während sie sich lieben, hat der gehörnte Hephaistos, Schmied und Techniker mit dem Hinkefuß, ein Netz über die beiden geworfen. Für immer sind sie in ihrer Umarmung gefangen – und die Götter brechen in ein erbarmungsloses Gelächter aus.

Das Netz zerreißt nur der Blitz.

Für F. G. Jünger zeigte die ›Perfektion der Technik‹ noch die Tendenz, einen Endstand zu erreichen. Er ahnte noch nicht, daß die Technik bald über die Maschine hinausgehen und Konvergenzprogramme mit dem Leben selbst entwickeln würde – Bionik, Biotechnologie scheinen ihr eine neue Ausdehnung in eine grenzenlose Introvertiertheit zu ermöglichen. Als wäre das geheime Gleichgewicht erst bei Ermittlung des mittleren Wesens erreichbar: die endgültige

Konstanz des genmanipulierenden und des genmanipulierten, des bioiden und des biologischen Modells.

Auch hier ist das einzige Gegenüber der gewaltsame Strich durch die Rechnung. Reck-Melleczewen zitiert das von Ortega angeführte Wort Hermann Weyls, nach dem das Vergessen des technischen Wissens nur für den Zeitraum einer Generation genügte, um jeglichen Fortschritt zum Erliegen zu bringen ... Es genügte vielleicht schon, wenn es plötzlich in Konkurrenz zu etwas Neuartigem, einem emergenten Phänomen der Kulturgeschichte träte, das alle Aufmerksamkeit fesselte und ein genuines Desinteresse am technischen Fortschritt zur Folge hätte. Der Geist mag sich nicht damit abfinden, daß alles fatal auf genau die Verhältnisse hinausläuft, die sich bereits als unumgänglich abzeichnen. Nichts zu sehen nach vorne hin als gleiche Fläche mit erweiterten Modellen ...

Zukunftsvisionen sind inzwischen nicht viel mehr als ein Schwächezustand des überinformierten Verstands. Die unbekannte Zeit beginnt hinter den Mülldeponien von Zukunftsbildern, die jeden Tag von hundert Instituten beliebig ausgestoßen und wieder verworfen werden.

Da kreuzt der Eichelhäher mit seiner blauen Feder durch das Windbild einer halbvergessenen Geliebten, das schwach erscheint in der Baumkrone, Laubgesicht mit flüsterndem Mund, hingeweht von einer Brise aus der Eiche, und in den Wellen des Häherflugs erzittert es.

Der Fulgurist sagt: durch den dichtesten Filz, die verwobendste Hülle wird sie dich treffen, Unmittelbarkeit. Wenn etwas reißt, so sind es die fauligen Häute, die Schleier und Netze, so ist es der »Vorhang der Zeit«. (Gunnar Ekelöf)

Es gibt immer noch ein Kleid abzuwerfen, ein Band zu lösen, einen Ring vom Finger zu streifen, eine Spur zu verwischen.
    Die Nacktheit des Menschen ist aus jeder Epoche neu zu bestimmen. Denn immer ist sie nur in Augenblicken unverhoffter Nebelrisse erschienen. Auch heute zwischen seinen Katastrophen und Virtualitäten heißt, auf den Menschen zu warten, nur etwas länger im Nebel ausharren, um den wenigen Sekunden einer erschütternden Öffnung beizuwohnen.

Für Augenblicke bezeugt jeder: die Durchschlagskraft des Ersten durch die tausendfachen Verhältnisse.
    Überall ist Erstes.

Das Anonyme zu berühren, das Namenlose, ist das Ziel sowohl der großen Lüsternheit wie auch der Gottesliebe.
    Achte, ob du die Geliebte noch erkennst, wenn sie nackt vor dir steht. Wenn sie es wirklich ist, nackt und geliebt, wirst du sie nicht unterscheiden können. Ihre Nacktheit wird plötzlich ohne Antlitz sein, ohne Person, die du liebst, du wirst *die Eine* vor dir sehen und

sie nicht kennen, denn die Begierde geht aus einer Blendung hervor...

Liebe ohne Transzendenz ist Liebe ohne Fleisch.

Liebe, auch die stärkste, braucht ein Vorbild.

Paolo und Francesca saßen einst unter einem Baum im Garten und lasen die Geschichte von Lancelot und Ginevra. »Und als wir von ihrem ersten Kuß lasen, schauten wir uns an und lasen an dem Tag nicht mehr weiter.« So bei Dante. Die große Kette des Kusses. Ohne Kuß, die Synekdoche, das Bild der Vereinigung, bestünde zu ihr nicht immerwährende Bereitschaft. Besäße die Menschenrasse nur den Vorgang der ›natürlichen‹ Vereinigung, wäre sie längst ausgestorben. In unzähligen Fällen wäre mangels Vorbild nicht genügend Begierde vorhanden. Der Kuß als stummes Weitersagen des Schöpfungsauftrags.

Mit Aristoteles und dem Papst teile ich die Überzeugung, daß das Paar jeder weiteren Gemeinschaft vorgeht. Es ist sogar der einzige Inhalt meines Schreibens, daß das Paar vor dem Staat, der Gesellschaft und jeder sonstigen Ordnung steht. Von ihm leiten sich alle sozialen Elementarien ab, nicht zuletzt das der Entzweiung.

Irgend etwas an ihrer Gestalt vermochte, daß ich von Zeit zu Zeit das Gedächtnis von ihr verlor. Während ich neben ihr schritt, während sie mich umgab und wir gemeinsam waren, erkannte ich sie zuweilen nicht wieder. Sie wurde mir plötzlich schwer erinnerlich. Mit einem Blicksprung war sie eine Unbekannte. Vielleicht war sie die reine namenlose Nähe, eine Quintessenz des anderen, gewonnen aus Hunderten von Menschenleben, die in der Straße an einem vorbeistreifen.

Als wir in Rom, die leichte Wiederkehr, vom Park der Villa Borghese hinunter zum Museum schlenderten und vor de Chiricos Alten stehenblieben, dem Paar, innen mit mythischem Plunder gefüllt, hohe Körper voll memoria, dachte ich wohl: das Herz treibt immerzu bricolage, man bastelt und baut sich den anderen immer aufs neue, wenn auch die Linien außen scheinbar verläßlich gezogen ...

Mal sind die Jahre vergangen, mal sind sie wieder da. Keine Geschichte erleben wir, sondern nur Elemente vom Ganzen, die willkürlich hin- und herspringen.

Das wäßrige Rad der Spinne an der Balustrade und der Traum von unseren hingesponnenen Gängen in diesen Jahren, die alle endeten in zarter Gefangenschaft.

Unsere Sehnsucht geht wie bei de Chirico nach einem immer größeren Behalten: aufrecht sitzen und rußigen Reichen ein Asyl gewähren. Embleme, die unsere Knie und Mägen füllen, beschirmt von unserer beider Gesichtslosigkeit. Köpfe der Geduld, verschlossene Ovale, Behälter für Zeit und Werke, Gestalten, die nur da sind, um Vergangenem Raum zu geben und selbst nicht mehr als ein dumpfes Umräumen zuweilen in ihrer Leibeshöhle vernehmen.

An den Holzgestellen des Gedenkens lebt, daß sie zu zweit sind. Es lebt an ihnen ihr Beinandersitzen und die Treue — denn einer allein wär nicht einmal aus halb so vielen Altertümern aufgebaut, nur Mann und Frau bilden Raum genug für das ganze Gewesene.

In der Morgenstunde, wenn Storch und Möwe aufs frische Blau die weißen Striche ziehen, für den, der rückwärts auf dem weichen Weiher schwimmt. Die Hitze steigt, der See wird trüber. Der Gärtner freut sich, daß unsere Wiese noch nicht versengt ist wie anderswo das Gras. Der gute, lange feuchte Lehm. Die Mutter geht ihren langsamen Gang über den Gutshof-Platz. Ein weiter Strohhut, den wir gestern kauften und den sie abends mit einem Gummiband versah, schützt nun vor der unbarmherzig klaren Sonne. Nur eine weiße Bluse und einen roten Rock trägt die Greisin, und ginge sie nicht ein wenig unsicher — ihre Schritte suchen den Bürgersteig, wie sie ihn von ihrem Städtchen kennt —, so gäbe sie das Inbild einer ländlichen Ahne ab.

Aus einer kleinen Traube von Menschen, die sich vor einer niedrigen Pforte, eingelassen in ein breites Scheunentor, bücken, löst sich ein Mann mit eisgrauen Haarstacheln und in weißer Smokingjacke. Er bleibt ein wenig beiseite, aufrecht. Eine Frau mit mattblondem fixierten Haar, einer dunklen Sonnenbrille und verlebtem, rotfleckigem Gesicht richtet ihre schwarzen Insektenaugen auf ihn, den Smokingmann, als wollte sie ihn in diesem Augenblick zum ersten Mal etwas fragen oder aber, als könnte sie nicht von einem starren Frage-Dasein ablassen, das sie zu ihm hin seit Jahren führt. Seltsam, diese Menschen, die an Sommerkonzerten teilnehmen und sich ungezwungen geben und doch einander Ungewißheit eingestehen; die etwas bereden, das sich nicht so einfach verstehen läßt. Es ist das Du.

»Nach allem, was ich von dir weiß ...«

Unter denen, die sich schon bücken, um erst einmal in die Pforte hineinzuhören, in den Saal, die ausgebaute Scheune, in der »ein neuer Dinu Lipatti« sein Konzert gibt, unter denen, die anstehen, fällt dann und wann ein Wort, von dem man nicht weiß, ob es das erste zwischen ihnen ist oder nur ein belangloses, das an der Oberfläche einer langjährigen Freundschaft getauscht wird. Der Saal drinnen ist überfüllt. Nach und nach gelingt es aber den meisten noch hineinzuschlüpfen. Nur die beiden, der Mann in der weißen Jacke, die Frau mit der schwarzen Brille, bleiben aufrecht und versuchen nicht hineinzukommen.

Da greift seine rechte Hand in den Nacken der Frau, er versucht, sie an sich zu ziehen. Doch der Nacken der Frau versteift sich, sie läßt sich nicht an seine Schulter beugen.

Nur ein, zwei Bilder hat der späte Hopper im Jahr gemalt. Dazwischen ist er herumgefahren, ins Kino gegangen, hat seine Frau gequält. Was, wenn ein Mensch in der Nähe ist, kann der leere Künstler anderes tun, als ihn zu quälen? Dies Chaos, dies Nichts kennt keine zivilen Rücksichten mehr. Nur ganz zum Schluß den Dank. »Zwei Komödianten.« Er und sie als traurige Harlekine verbeugen sich vor dem Publikum. Mit einer unscheinbaren Geste lenkt er den Applaus auf seine Partnerin.

Auch die neue Freude über den blühenden Obstgarten auf dem Wedelsberg schöpft aus verlorener Zeit. Die Mutter erzählt von den Läden meiner Kindheit, Kaisers Kaffeegeschäft, in dem ich mit einem Freund des Diebstahls überführt wurde. Oder vom Kolonialwarenladen der Beckers unten neben unserem Haus in der Römerstraße. Ich fasse ihre Hände, als könnte ich sie halten, sie, die mit mir dort war und mich aus dem Fenster zum Essen rief, wenn ich mit Alex, dem Jüngsten der Beckers, auf der Straße spielte, der mit der kurzen speckigen Lederhose und dem harten Augsburger Dialekt, und seine Schwester mit spitzem Busen, kirschroten Wangen und Knoblauchgeruch hinter dem Ladentisch – die Tränen ersticken zuerst die Stimme, dann die Sprache, das Denken, zuletzt sogar das Herz.

Was mag es bedeuten, mitten im Leben zu stehen? Wahrscheinlich: niemals vom Einstweh überwältigt zu werden, niemals von einer Erinnerung, die uns im Garten trifft wie die letzte Bö, der letzte Windstoß vor der Vertreibung...

Im tiefsten Erinnern die Furcht, das Verlorene endgültig zu verlieren. Man erinnert sich an seine Frühe nicht, um dem Sog des Todes zu widerstehen. Der Sog des Todes besteht vielmehr ausschließlich aus Erinnerung.

Ich wundere mich. Ich wundere mich einfach. Dieses Sichwundern, das weder Bejahung noch Verneinung kennt, wird immer umfassender. Es untermischt sich dem Denken, dem Handeln, dem Lieben. Es ist eine Gestimmtheit, die offenbar mehr erfährt, als ich denkend, handelnd oder liebend zu erfahren imstande bin. Vielleicht ist es die unabänderliche Verfassung eines Menschen, der zu einem gewissen Zeitpunkt ungelegen ins Haus trat, da alle anderen dort die Bedingungen des Wohnens bereits unter sich ausgehandelt hatten.

Nur die Unbesonnenheit erhält sich jung. Selbst der skeptischste Mensch verliert sie nicht, sonst könnte er weder leben noch denken. Und wenn er sich prüft, so wird er bemerken, daß jeder zurückliegende Gedanken aus Unbesonnenheit hervorging und sie erfrischte.

Vorm Haus sinkt die Dämmerung, als rinne Blei vom Himmel. Die Blutbuche steht groß ausgeschlagen, ein Sonderling vor dem geschlossenen Grün des Wäldchens.

Der Westen entäußert sein Licht. Die Wolken öffnen die Smaragdpforte vor der Nacht.

Kann nicht eher unters künstliche Licht im Haus, als nicht draußen jeder Schein erloschen. Ein Dämmerungssüchtiger, geh ich um das Haus und auf den Gartenwegen bis zum Wäldchen, nur um alles Stufe für Stufe unwirklich, nächtig werden zu sehen. Nächtige Bäume, nächtige Brise. Eulenkeifen. Und spät noch der Tierblick, die Kälber, die durch den Koppelzaun den Kopf stecken. Und die zischenden Abwinde der Mütter, die schon zur Nacht ins Gras gesunken sind.

Der Gang in die Dunkelheit führt in die tiefste Mulde der Weide. Dort seh ich zurück auf das weiße Haus am Hang, das selber Ausschau hält, ungerührt wie die Steinfiguren auf den Osterinseln. Das schale Licht hält sich lange in den Fenstern. Ich habe es nur für mich erbaut und meine Montaignade. Kaum jemand, der es sieht, versteht seine ungemütliche Helle, seine hölzerne Bauchladen-Terrasse, seine viel zu breiten Giebelfenster und seine gestutzten Dachflügel zu einem angenehmen Eindruck zu verbinden.

II

Wenn ich in die Stadt fahre, im Zentrum irgendwo zum Essen ausgehe: alles wie immer. ›Lebenskultur‹ der Galeristen. Und die jungen Kellner, Kellnerinnen: Schauspielschüler. Oft genug passiert es mir, daß ich eine junge Person, die gerade von der Toilette kommt, an den Tisch winke, weil ich sie für die Bedienung halte... »Bei mir sitzt da draußen ein Typ«, so reden sie über den Gast, und es könnte 1985 sein, kein Unterschied. Der tritt anderswo zutage. Die herrschende Klasse, die Medienschaffenden, sorgt für ein statisches Tableau. Jobben und sich über Wasser halten wie bisher, solange der Leistungsdruck dich nicht kaputtmacht. Medienwirtschaft erscheint von heute aus als unablösbarer Erwerbszweig; nichts, das ihn je veralten und veröden lassen könnte wie andere Berufe. Vollendet anpassungsfähig und unabsehbar expansiv. Hier ein Fortkommen oder Berühmtheit zu erlangen, vom Studiogast zur Quoten-Fee, erfordert Unverfrorenheit als ein einziges Talent. Vielen scheint es mittlerweile angeboren: ganz kunstlos nur sie selbst zu sein und sich für nichts zu genieren. Lauter Schauspielerinnen ›ohne Portefeuille‹, Geschöpfe der Öffentlichkeit. Die Männer mit Stummelzopf und Dreitagebart, auch Schauspielerinnen. Was sie »vom Hocker reißt«, läßt einen Mann vor seinen Feldern um so ungerührter sitzen bleiben.

Soll ich mich einmischen, wenn vier Krähen den Bussard vertreiben?

Zwar merke ich, daß mir unterdessen die Rufe des Felds und der Weide rufender sind als das läutende

Telefon. Doch ob ich der Anforderung, zu hören, was die Stille bringt, jemals genüge? Ich bin zwar den Grimassen des Sozialen, der gräßlichen Entstellung menschlicher Begegnungsformen glücklich entflohen, doch geht mir hier, fern der Groteske, auch die Gabe zu lächeln verloren.

Ein Gang um den Käthe Kollwitz-Platz, Prenzlauer Berg, zeigt die Häßlichkeit der DDR-Relikte fusioniert mit den Haßparolen der Autonomen Szene. Das Deutsch-Häßliche zeugt sich immer fort. ›Nazi inside‹ oder ›nazifrei‹ steht aufgesprayt an den Häusern. Genauso wie ›Deutschland verrecke‹. Gnomischer kann man die Kongruenz der Extreme nicht fassen. Ich habe selten diese Stadt als so ungefüge empfunden wie auf manchen dieser neuen östlichen Gänge. Auch am Spreeufer letztlich nichts Besseres. Hohle Überbleibsel von wilhelminischem Florenz. Von den düsteren Kolossen auf der Museumsinsel zu schweigen. Mit Ausnahme des Gendarmenmarkts wirkt im Ensemble das meiste leblos proportioniert. Von der technischen und Kaufhaus-Architektur der 20er Jahren kaum noch etwas. Dafür der Rüdesheim-Effekt im Nicolai-Viertel, dieser geschmacklosen Puppenstuben-Rekonstruktion.

Nicht zu leugnen, daß da und dort in Winkeln etwas zu entdecken ist. Aber im freien Blick fällt alles auseinander. Da stehen der Fernsehturm und der protestantische Dom, beide ähnlich falsche Fingerzeige. Alexanderplatz, ein einziger Aufschrei gequälter Sinne. Es ist die Stadt der Zerstörung, aktiv und passiv, und was man auch anfügt und erneuert, es wird immer nur ein Supplement der Zerstörung sein. Nichts wird sich hier je fügen, nie das Neue in etwas Altes hineinwachsen. Vielleicht ist es sogar der größte Fehler unserer Bauepoche, daß sie zu großen (äußerlichen) Respekt vor den mittelmäßigen Zeugnissen der Vergangenheit hat.

Man wünscht sich weite Flächen abgeräumt und frei für eine neue Stadt. Die Zeit nach einem Umsturz ist dem Konstruktiven weitaus günstiger als dem ewig Organischen, dem Anpassen und Restaurieren.

Ich dachte, da bauen sie eine neue Stadtmitte, und nichts aus der Fülle vorwärtsgerichteter Handlungen, tendenzgeladener Zeit wird bis zu deinem verträumten Hügel dringen. Wie viele Männer auf den Gerüsten, wie viele Kräne und Verschalungen, wie viele Frauen mit gelben Schutzhelmen, die statistische Befragungen bei den Arbeitern durchführen, um weitere Prognosen zu ermöglichen ... Und doch: den Entwürfen, dem Gestaltungswillen für eine von heute aus bemessene Zukunft fehlt die Illusion von einer Neuen Zeit.

Es gibt diese tiefe Sehnsucht nach Unbesonnenheit, die zurückführt zu den frühen Manifesten der Moderne. Mit etwas Veraltetem aufräumen und brechen, neue Städte bauen, Mensch und Menschenordnung neu konstruieren, von der Seele bis zum Autoreifen. Das große gemeinschaftliche Bedürfnis, unbedingt zu bilden und zu formen, die ästhetische Passion der umfassenden Erneuerung, auch wenn dies alles lächerlich, ja tödlich enden wird ...

Die übermütige und die kleinmütige Hälfte des 20. Jahrhunderts. Die rücksichtslose frühe Moderne zu Beginn und die rücksichtsvollste, ökopathetische Periode am Ende, wo das ganze Haus bezweifelt wird und es nicht mehr darum geht, den Wandschmuck zu revolutionieren. Aber wie bedrängt einen gerade jetzt die Sehnsucht nach dem Übermut, nach Aufbruchstimmung statt Müllverwertung. Es steckt am Ende mehr Leben darin, das Kräfte weckt und Geister inspiriert für lange Zeit, und ist daher schon aus anthropologischen Gründen unendlich wertvoller als die lähmende Bedenklichkeit, die überaus kritische Vorsicht, die uns beschwerten Besserwissern übrigblieb.

Gegenläufige Gefühle am Abend im Atelier von A. W. angesichts der reinen Formen, den Meditationen aus Granit. Ein Vertreter der Kunstradikalität. Dagegen empfinde ich nur meine Schwäche. Und Stärke allein in der Abwehr: kein Purist sein, kein Radikaler. Die Form ist keine Waffe. Was könnte ich gegen den Legitimationseifer eines ebenso schmalen wie besessenen Künstlers glaubhaft einwenden?

So wird es angesichts der Propaganda, die er mit Stille und Strenge treibt, mein heimlicher Trost: in der Kunst kein Künstler sein. Und niemals einer von diesen ästhetischen Henkergesellen, die eine kalte Klinge im Auge haben, die Guillotine-Blicke auf dich werfen und fallbeilartig Urteile fällen, die despotischen Puristen, fürchterlich Reinen, die immer engherziger werden, je weniger Menschen sich um ihre Worte und Werke versammeln.

Nur die zweite Hälfte des Jahrhunderts weiß, was die erste wiegt. Der Zusammenbruch, die Zäsur, die Halbierung geschah, als die Kunst zu groß, der Geist zu mächtig wurde. Dann fuhr die Barbarei dazwischen. Die zweite Hälfte gehört daher den Hausmeistern und Gärtnern.

Privatreichtum, der wie ein erstickender Schlammregen auf ein Volk sinkt, das seit 50 Jahren immer nur hinzugewonnen hat, unermeßlicher Reichtum, 2600 Milliarden werden bis zum Jahr 2000 von Erblassern auf die Erben niedergehen.

Alles haben die Brillantjünglinge, die reichen Erben, und die Liebe geht dennoch nicht zu Ende. Sie erstickt nicht am Haben. Sie regt sich einfach unter allen Umständen, auch ohne jeden Funken Ferne, Fremde und Sehnsucht. Liebe ist grundsätzlich unkritisierbar, und jede Erfahrung, auch die abwegigste, läßt sich mit ihr verbinden.

Was wir sehen, ist durch Nähe versengt. Um jeden Preis muß man wieder entfernen, erhöhen, verschleiern. Was kann ich mir unerreichbar machen an meinem Nächsten? Was kann ich mir unerreichbar machen inmitten der Bedrängnis der zuhandenen Dinge, Redeweisen, Programme und Prognosen?

Auffällig, wie sehr man den Gesinnungsbetrieb als etwas Entweichendes, als reizgesättigt, nur noch als Schattenspiel empfindet. Die Zeit kann gar keine ernsthaften Bekenntnisse hervorbringen. Ihre anschaulichste Hervorbringung wäre der enigmatische Mensch, der den Rätseln innesteht. Oder die kleine Marionette des Glücks.

Seltsam stagnatives, lasches Erörtern der Lage bei erhöhtem Mitteilungsdrang. Die noch so klugen Worte enthalten nichts, um uns umzustimmen. Die Sprecher bemerken nicht mehr, daß ihre Worte nicht haften, sondern sich in einer leeren Ausgesprochenheit lose drehen. Ohne gewaltige Tendenz, ohne Passion und großes Verlangen ist kein Gedanken mehr glaubwürdig, entsprechen Worte den Kräften nicht mehr, die uns herausfordern. Der Geist ist Knecht, Leidensorgan, oder er ist ein Fatzke.

Ein Stilproblem stellt sich nur noch auf eine Weise: wo die Sprache bloß glatt und klug und federnd ausgeführt ist, bleibt sie heute unterhalb jeder Bewußtseinsreizung. Sie sagt es unter dem Niveau ihrer Gefahr und besagt deshalb nichts. Nur wo sie Wort für Wort die Probe auf ihrem eigenen Tiefenschwund macht, kann sie etwas Authentisches sagen. Der Autor, der diesem gezeitenhaften Entzug, dieser in aller Munde zurückweichenden Sprache, nicht innesteht, ihn nicht einmal bemerkt, ist bloß ein Täuscher. Deshalb haben wir jetzt so viel geschickte und gescheite Sprache, die hohl klingt, weil man das Simulieren besser als jedes andere Handwerk beherrscht.

Ich hingegen verstehe eine nicht-irrationale Intelligenz nur mehr als Geräusch. Sie rieselt wie schon gemahlenes Getreide, wie Mehl durch meine schwere Verstehensmühle.

Das Leben hängt von großen Worten ab und wird meist unter Wert verhandelt. Es kann nur Übertreibungsversuche und gescheiterte Übertreibungsversuche geben.

Das Pathos sucht sein Subjekt. Es gibt große Regungen in jedem, die an den Normen der Kommunikation zugrunde gehen. Die Affekte stehen dann in keinem Verhältnis zu dem albernen Ausdruck, den sie finden.

»Ich besaß die höchste Erlebnisfähigkeit«, sagt jemand, »aber mein Leben, so wie es nun einmal verlief, hat sie nie gebraucht, nie ganz gefordert.«

Das Pathos gelangt im übrigen viel seltener zu jenem Geräusch, hohltönend, das heute vernehmlicher vom öffentlichen Verstand erzeugt wird.

Demokratisches Pathos: Solidarität, Apokalypse der Natur, ziviler Ungehorsam, die Schmerzgrenze ist erreicht.

Godards ›Hélas pour moi‹ im Video gesehen. Vielleicht daß der Film zu wenig Raum hat ... sonst aber: so ist es, daß Menschen nichts sind als Verheißung von Texten. Man sieht eine Frau, einen Mann, und am Ende wird ihr Gegenüber allein durch eine Bemerkung von Leopardi gerechtfertigt. An einem Satz von Pascal hängen wie an Marionettendrähten Millionen moderne Leben.

Wie gut stünde dem Theater ein solch deregulierter Markt der Dialoge! Und ein Verwehen der Angelegenheiten. Warum findet dieses verdammte ewige Theater zu keiner neuen Artistik? Versifft und versotten, wie es ist, durch schlechte Gesinnung/Gesittung, schlechte Konvention, schlechten Stil, subversiv-epigonales Gehabe – alles erdenklich Gestrige erhält sich auf dem Theater! Daß zwei Männer ihr zartes Geständnis brüllen, weil donnernd ein Zug vorbeifährt... vielleicht interessieren einen nur noch ein paar sinnliche Fallen, wenn man soviel gemacht hat wie Godard. Nur noch ein paar extrem wahrscheinliche Konstellationen... Es sind unverhoffte Zuordnungen unserer Körper im Raum, die uns zum Reden bringen.

Als Schauspieler war es M. nie gelungen, an die Spitze des Ensembles zu rücken und die großen Rollen zu spielen. Er verließ das Theater, den ›Stadttheaterbetrieb‹, wie er sich verächtlich ausdrückte, und wurde Rigorist. Was vorzeiten ein Rezitator war, ist heute eine one-actor-performance. Er schob die Hölderlin-Nietzsche-Artaud-Maske über sein blasses Gesicht. Nur das Radikale und verkehrte Heilige durfte es sein. In der Arroganz des Wahns, der Kunstfrömmigkeit empfand er sich als ihr Stellvertreter auf Erden. Fern davon, ihrem Werk zu dienen, trieb er mit ihren Masken künstlerische Selbstverwirklichung. Niemals wäre er auf die Idee gekommen, Heine, Mörike, Lenau, Benn für vergleichbar »wichtig« zu nehmen. Er hatte sie nie gelesen. Sie boten allem Anschein nach keine Grenzerfahrungen.

Natürlich ließ es sein mittelmäßiges Talent zu, den radikalen Abbruch seiner Schauspieler-Karriere als heroische Verweigerung darzustellen. Der Außenseiter-Heros war die einzige literarische Chiffre, zu der sich seine politisch übermotivierte, doch im Grunde kunstfeindliche Generation bekannte. In ihr erschöpfte sich im wesentlichen das ästhetische Interesse. Diese Hölderlin-Nietzsche-Artaud wurden nicht von Liebenden, sie wurden von genuin Unbelesenen heiliggesprochen.

Zu durchschaubar war die Funktion, der sie dienten: Ersatzaufständische zu sein in diesem erbärmlichen deutschen Trauerspiel um die versäumte Revolution, dieser hartnäckigen Geschichtsverkennung, durch die sich das Zweite Junge Deutschland nach dem Krieg künstlich und stagnierend immer aufs neue verjüngte, als hätte Hitler den Deutschen nicht alles geliefert, was zu einer wahren Revolution gehörte, Gleichschritt und Ausschaltung aller Gegner, Anbetung der Jugend, Gemeinschaftsrausch, Blutopfer und Untergang. Nur eben keinen Dichter.

Wir Leser-Autoren sind dagegen gemäßigte Naturen. Keine Rigoristen jedenfalls. Wir kennen zuviel Einzigartiges aus vielen Zeiten, als daß wir irgendeiner zeitgenössischen Exzentrizität erhöhte Bedeutung beimäßen.

Das Herz des Demokraten ist Kritik, nicht mehr, nicht weniger. Es wäre aber besser, das Individuum besäße ein Herz voll ungezähmter Zeit und außerdem einen kritischen Verstand. Wo beide sich ausschließen, droht die Gefahr, daß der Mensch ein Organ der Weltwahrnehmung zu wenig besitzt.

Tief ist die Gleichberechtigung in die Künste eingedrungen. Unsere Erfahrungen sind noch geprägt vom Heroenkult der Moderne. Der überragende Cézanne, der Revolutionär Mallarmé, die für alle anderen die Epoche machten und herkömmliche Kunstbegriffe stürzten. Man versteht noch nicht recht, wie heute kraft eines allein herrschenden Markts eine demokratische Substanz in allen Werken sich bildet; wie so unterschiedliche, scheinbar unvereinbare Werke zu gleicher Zeit miteinander konkurrieren können und in ihrer Heterogenität nichts Verläßliches über ihre Zeit aussagen. Je intoleranter sich der einzelne Künstler gegen das Werk des anderen verhält, um so marktgerechter wird, was er herstellt: es überragt den anderen nicht, es vereinzelt ihn nicht. Daß die Werke sich in ihrer individuellen Stilgebärde untereinander ausschließen und doch jederzeit miteinander in Erscheinung treten und nebeneinander bestehen können, zeugt von ihrer eingewurzelten Toleranz, einer tieferen, als sie der radikale Künstler besitzt, der seine Subjektivität überbetont und gleichwohl keine tonangebende Wirkung erzielt.

Die Masse, die die Sehnsucht leugnet, herrscht so r e a l wie kein Machthaber vor ihr. Daß unter ihrem ›Selektionsdruck‹ die Struktur einer neuen Sehnsucht entstünde, ist denkbar. Unter dem Druck der vollkommenen Kunstabgewandtheit der Massen hat die ästhetische Evolution bereits verschiedene Künstler-Typen ins Spiel gebracht, die die Kommunikation aufkündigten, und einige hat sie inzwischen wieder ausgeschieden. Den Dandy, den Mönch, den Radikal-Subversiven, den esoterischen Formalisten, den Anti-Künstler etc.

Die meisten lebenden Schriftsteller haben wie selbstverständlich ihr aggiornamento vollzogen, die Aussöhnung der alten Schrift mit der modernen Zeit. Nun ist unversehens eine Art Verweigerung von aggiornamento in die Schrift selber eingezogen, und der Schriftsteller, der ihren verwunschenen Pfaden folgt, müßte sich langsam, aber stetig aus seiner Zeit entfernen.

Die Probleme der Kommunizierten bilden das falsch Allgemeine. Sie sind so aufdringlich und präpotent geworden, daß sich niemand mehr zur Avantgarde zu zählen wagt.

Daß Naturwissenschaft und Technik einmal so unfruchtbar stagnieren wie, sagen wir, die Altphilologie heute, daß die letzten Innovationen im Automobilbau einmal Dezennien zurückliegen, daß eine Periode anbricht, in der die Technik, dem Weg aller Kulturleistungen folgend, an allgemeinem Interesse verliert, wie Kunst und Kirche, das nimmt sich heute so unwahrscheinlich aus wie die Erfindung einer negativen Science-fiction.

Man sucht die Besten aus als die Nützlichsten. Besser wäre es, den Dummen eine Chance zu geben, sich nützlich zu machen. Es ist kein Kunststück, aus jeder Masse Eliten zu züchten. Wohl aber ist es eins, die Verblödung in der Breitenausdehnung zu begrenzen.

Ein einfacher Satz, Seferis: »Die Seele, die darum ringt, deine Seele zu sein« ... enthält den Anklang: die erste Welt, sie gehört nur noch wenigen. Die zweite gehört den fünf, sechs Millarden, die *darauf* sind und ihr Leben fristen. Und doch kommt die Zeile aus dem Gefüge des Ganzen, aus dem Gedicht, das niemals exkludiert und dessen heimlichste Kraft seine metrische Beiläufigkeit ist.

Ein Partikel im Strom des Partikulären zu sein, ist der Untergang des Künstlers. Er, Ausgeburt des Allgemeinen und sein Gegenspiel, kann ohne dieses nicht existieren. Wo alles exzentrisch ist, wird er zum Don Quijote des Realen. Oder zum Rebellen des Gesetzes.

Das Leben wird kalt, gierig und geschwätzig durchgeführt – aber nur die Mehrheit lebt so. Und nur in unserer Epoche behauptet sie eine solch tonangebende Stellung. Dabei ist sie vom Leben viel weiter entfernt als die verschwindende Minderheit, die verstreuten Einzelnen, die es zu erleiden oder zu genießen verstehen. Die Unmasse an Albernheit bedrückt nur deshalb so stark, weil wir als Demokraten dazu erzogen sind, an allem und jedem uns gemeinsinnig beteiligt zu fühlen und auch dort noch *lebhaft*

Anteil zu nehmen, wo Heerscharen von Lemuren ihre Späße treiben.

Beim Zapping innerhalb von weniger als einer Minute: »die erste Ehe brachte mir acht Selbstmordversuche ein« ... »Würden Sie einen Hoden opfern, um das Auge Ihres Kindes zu retten?« ... »Wenn mehr als achtzehn Zentimeter in den Muttermund stoßen, ist das für die Frau nicht immer angenehm.«

Deformationen, Kuriositäten wurden zu allen Zeiten zur Schau gestellt, die Travestie läuft neben dem zeremoniellen Schauspiel der Macht einher, das Volk erfreut sich der herrschenden Ordnung, wenn es möglichst viele öffentliche Hinrichtungen verfolgen darf. Freilich ist heute das Volk für seinen Nomos und seine Normalität selbst zuständig, und es steht zu befürchten, daß das Virus des Ungeheimen jene Menschenwürde schlimmer und tiefer antastet, als es nach dem Verfassungsartikel ahnbar ist.

Gilles de Rais, das sind heute neunzehn mündige Bürger, Männer und Frauen, die sich per Suchanzeige versammeln, um Unzucht mit den eigenen oder entführten Kindern zu treiben, sich obendrein dabei zu filmen und filmen zu lassen, offensichtlich in dem Bestreben jeder Perversion, irgendeine Einzigartigkeit des Verruchten zu erreichen und zu dokumentieren.

Naiv, wenn nicht gar bigott mutet es nun an, wenn erst Kinderschändungen geschehen müssen, um die große moralische Entrüstung hervorzurufen. Denn die kumulative Enthemmung, die mit der libertären Tabuverletzung begann und inzwischen zur pornografischen Rundumbetreuung des Bürgers führte, wird zwangsläufig zu den jeweils letzten Reservaten des Verbotenen streben.

Wir besitzen das Vokabular der marxistischen Klassenbeschimpfung. Wir kennen bis in die infamste Nuance bei Brecht: die Kritik des Herrn aus der Sicht eines zu ihrem Zweck erfundenen Knechts. Wer liefert das Vokabular zu einer gräßlichen Kritik der demokratischen Sinnenwelt? Ihre Übel gilt es anzuführen als Grundübel, ohne süßliche Relativismen, ohne jede Illusion der Reformier- und Veränderbarkeit, erzählt und bezeugt von einem Juvenal-Standort, von einem imaginären extrademokratischen point of view.

Jedes Tabu ist besser als ein zerstörtes.

»Auch weiß der Mensch seine Zeit nicht ... So werden auch die Menschen berückt zur bösen Zeit, wenn sie plötzlich über sie fällt.« (Ecclesiastes 9,12)

Es kann niemand das Böse erklären, herleiten oder abwenden. Es ist unableitbar und immer ursprünglich.

Man muß das gewöhnliche Böse genauso ursachelos begreifen wie das absolute Böse.

Der oberflächliche Betrachter fragt nach dem Befinden der Liebe im Zeitalter von Aids. Den sinnlicheren beschäftigt vielmehr die Liebe im Zeitalter des fehlenden Etwas, auf das die Frau von heute so stolz ist. Und diese Epidemie, die grundsätzlich lusthemmender Natur ist, geht einher mit dem Verschwinden der Neugierde aus dem erotischen Alltag, vor allem aus dem Licht der schönen Frau.

Es ist auf verlorenem Posten möglich zu sehen, was die ›Wächter der Demokratie‹ in ihrer Mitte offenbar nicht sehen können: zwei Drittel Wüste das bewachte Gebiet.

In unserem Land: alle kritische Macht für immer den Häretikern, auch wenn seit langem Kanon und Dogma keine Bedeutung mehr besitzen. Der Dichter als Durcheinanderwerfer, als Prophet des selbstgefertigten Eschatons, der Ja-Sager zu Zerstörung und Entropie (natürlich, um *kenntlich* zu machen den Schmutz der Geschichte), der Dichter als Medienwurmfortsatz, wie jene allseits verehrte Artaud-Brecht-Chimäre, die ihren deftigen Grabeshauch schon zu Lebzeiten über Land und Kunst dünstete; deren zynisches Frohlocken, deren menschenverächtliche Gesellschaftsbegriffe mit beifälligem Nicken, zuletzt mit allen Ehrenzeichen des Staatsdichters belohnt wurden. In ihm erkannte das häßliche, sich selbst hassende, ewig spätexpressionistische Deutschland seinen ungeniertesten Repräsentanten.

Schöne Kälte, schöne Sprache. Wie die blutjungen Troilus und Cressida einander reizen mit erotischer Rede ... »ich lieb Euch nun; doch nicht bis jetzt so viel / Daß ich's nicht zähmen kann – doch nein, ich lüge; / Mein Sehnen war, wie ein verzogenes Kind, / Der Mutter Zucht entwachsen« ... Ähnlich spräche, wenn sie sprechen könnte, auch heute die frühreife Überlegenheit der kühlen Schönen, die sehr selbstverliebt sich dennoch zu verlieben wünscht. Das besonders schöne Mädchen, das ein wenig vollmundig zu sagen weiß, was Liebe ist und wär, und doch mit jedem Wort nur Unerfahrenheit bekundet. Was sie sich versagt und was sich ihr versagt, bespricht sie, um es anzulocken, und spricht doch zugleich zuviel, damit es nicht zu brenzlig wird, auch aus Angst, die Überlegenheit der Vernunft ginge ihr verloren.

Wir stehen, was die Strategien der Leidenschaft, die Fülle der Finessen betrifft, als die Ärmsten der Armen da vor einem Shakespeare-Stück. Seine erotische Rhetorik erscheint den Jüngeren so unentschlüsselbar wie mesopotamische Keilschrift. Gut, sie übersetzen's, unbesehen, gleich in ihre Sprache, weitgehend in MTV, unsere notorischen Katachronisten, die alles zu sich hinabverzeitigen. Es ist auffallend, wie unbeholfen das zeitgemäße Theater nur noch seiner Zeit gemäß sein will, ohne sich selbst gemäß zu sein als einer Stätte, die der totalen Verscheinung der Welt am solidesten widerspricht. Mit der Nachahmung von äußerlichen Accessoires der Lebenswelt, mit einer Art Clip- oder Zapping-Realismus unterspielt es die eigene sinnliche Potenz, vor allem die des Schauspielers. Die szenischen Moden werden dabei immer hübscher, geschickter, reizvoller, jedoch immer zählebiger darunter der ausgelaugte Kritizismus, der zopfige Antibourgeois-Effekt etc. Insgesamt ist das Theater der Esel unter den künstlerischen Transportunternehmen und Bewußtseins-Speditionen. Es wäre an der Zeit für die Abenteuer neugieriger und strenger Archäologen, die den verlorengegangenen Codex zu entziffern wünschen. Für die die Frage der Finessen sich programmatisch stellt.

Im Kino würdigt man an herausragender Stelle den Film ›Breaking the waves‹ als ein Werk des bewegten Gesichts und der bewegenden Seelenkraft. Nebenan auf dem Theater wird zu gleicher Zeit die ›dekonstruktive‹ Porno-Polit-Klamotte als moralisches Anliegen der Demoralisierung zelebriert. Hier genau verläuft die Trennlinie zwischen dem erklärten Ende des erotischen Zynismus und der fortgesetzten ideologischen Schrottverwertung.

Bis vor kurzem durfte man damit rechnen, daß die immer groteskeren Zuckungen des deutsch-kranken Gesinnungsgeistes sein historisches Verenden einleiteten. Danach alles on-line, freie Spiele. Inzwischen glaube ich an die technische Verlängerung, dank on-line, an die stete Wiederaufbereitung ein und derselben Misere, die von keiner Zeit mehr berührt wird. Gerade das Abgedroschene erhält sich in der Kommunikation weitaus besser als in der Geschichte und erreicht dort Laufzeiten nahe dem Unaufhörlichen. Die Netze selbst sind das einzig Neue. Die Ansicht der Welt erneuern sie nicht. Sie dienen im Gegenteil dazu, mit verstärkter Kapazität den alten Quark noch breiter zu treten.

An die Stelle von Neuerung ist das wachsende Raffinement der Verarbeitung des Altbekannten getreten. Verbreiten lassen sich Spiele und Nachrichten. Der Gedanke, sofern er nicht bloß ein geistreicher ist, läßt sich kaum verbreiten. Verbreiten läßt sich nicht die Anwesenheit des Schauspielers. Nicht einmal ein Stück von Heinrich von Kleist läßt sich weltweit verbreiten.

Alles Neue nur neu aufbereitet, als sei das Siegel der Epoche die Recycling-Anlage. Die Bruchstelle befände sich dort, wo das Neue aus den Neuerungen aufstiege. In der Poesie allein wird der Gegensatz bewußt, in dem sich die geschichtliche Sprache heute zu den technischen Kürzeln befindet, die das Spiel der Informationen verschlüsseln. Dies Spiel heißt: allem entkommen. Die Ereignisgeschichte prallt an verspielten Naturen ab und zieht vorüber. Ihnen wird jedwedes zum Dispositiv, beruf- und wieder abrufbar. Die Neuerungen des weltumspannenden Netzes bedürfen des Neuen einer Stätte, zu der man nicht kommt und der man niemals entkommt. Das Antidispositiv, die Wiederentdeckung von Existenz.

Das Cyberspace wird durch keine Gegenwelt mehr kompensiert, sondern es entleibt und konfiguriert (mit Ausnahme des »altexistentiellen Widerstands« ...) beliebige Welten, historische wie imaginäre. So gilt denn auch nicht länger: je artifizieller der Raum, um so stärker der Durst nach Erde? Wahrscheinlich ist die Vergeistigung der Sinne ein unaufhaltsamer Prozeß, der noch beschleunigt wird durch die Annäherung der technischen und biologischen Systeme.

Bedenke aber, Diu: Ein einziges Teilchen bitteres Rot kann das Einheitsblau in einem großen Tintenfaß verderben.

Ein hohes Ansehen genoß das Alter in Gesellschaften, in denen man früh starb. Wer überlebte, alt wurde, galt als der Bessere. Die demographische Entwicklung in unseren Breiten löst die Aristokratie des Alters für immer auf. Die schrecklichste aller Mehrheiten, die Massengesellschaft der Greise, die ohne Nutzen für irgend jemanden und, sofern es sich demnächst um meine Generation handelt, auch ohne nennenswerte Lebenserfahrung ihren endlosen Abendfrieden genießen, zehrt vom Blut der Kinder – viele bilden schon als Dreijährige den Gesichtsausdruck der künftigen Mehrheit aus: uralt.

Die Zukunft gehört denen, die von allem befreit sind, was uns beschwert. Man macht sich ja keine Vorstellungen, wie gut alles gehen wird, sobald wir vom Guten nichts mehr wissen.

Die Jüngeren handeln ehrlich, wenn sie zugeben, daß sie nichts als gutgelaunte, leichtfüßige Medienschatten sind und einen Zugang zur Welt weder suchen noch wünschen. Daß sie Qualen grundsätzlich langweilen. Aber es ist unbedeutend, daß das Unbedeutende eine solche Vorrangstellung unter den Menschen einnimmt. Eine gelungene Allüre, die erstmals nichts vom großen Befreiungsschlag wissen will, sagt noch nichts über die wahre Physiognomie einer Generation und die Haltbarkeit ihrer Haltung. Die Entlastung mag vorübergehend nützlich und notwendig sein. Und das Vorübergehende in jedem ihrer Schritte ist denn auch ihr feinstes Verdienst und Kennzeichen.

Es sollte keine Verachtung der Unbeschwerten geben, schon gar nicht im Namen einer höheren Feinfühligkeit. Die Tageswonnentaucher sind die Eingeweihten einer rätselhaften Belanglosigkeit. Der Fluch der Beschwerten ist es hingegen, daß sie keinen helleren Gedanken mehr fassen können, ohne der unverwüstlichen Stärke der Unbeschwerten zu gedenken.

Unsere Welt ist lautlos untergegangen. Die Welt, von der man noch nicht einmal Abschied nahm.

Die Ablösung des Hamlet, das Entschwinden des Intellektuellen aus jeder aussagekräftigen Rede.

Die ungeheure Verbreitung von zweitklassiger Intelligenz hat zur Folge, daß die Sprache bei dunkleren Bereichen des Geistes Asyl sucht, ja, sich geradezu in den irrationalen Ausdruck rettet ... offenbar, weil sich »die abgenutzte Sprache im Dunkel zu verjüngen« vermag. (Gerhard Nebel)

Der ursprüngliche Hamlet, Amlodhi, wie er in der isländischen Legende genannt wird, Gebieter im traumhaften ersten Zeitalter der Welt, zeigte bereits des späteren Hamlets Wesensmerkmale, die Melancholie und den reizbaren, hohen Intellekt.

Er war Besitzer der Mühle, die im Goldenen Zeitalter Frieden und Reichtum bescherte. In schlechten Zeiten mahlte sie Salz. Heute ist sie auf den Grund des Meeres gesunken, zermahlt Steine und Sand und läßt einen riesengroßen Strudel entstehen, den Maelström, von dem man sagt, daß er unmittelbar ins Reich der Toten führe.

Sie saßen auf ihren Stühlen, nahe dem brennenden Ausgang, die lautlos Sprechenden ... und es waren quälende Fragmente eines verlorenen Ganzen, die, wie einst bei den Pythagoräern, vom alten tiefen *einen* Denken wieder auftauchten. Die Bruchteile ließen an jene verschleierten Landschaften denken, für die chinesische Maler so berühmt sind – Landschaften, die hier einen Felsen zeigen, dort einen Giebel, dort die Krone eines Baums und den Rest der Imagination überlassen. (Vgl. Santillana/Dechend, Die Mühle des Hamlet)

In einem Programmheft während der Theaterpause Ausschnitte aus Benns ›Ptolemäer‹. Sie belehrten mich plötzlich über die eigene altmodische Sucht, die Konturen der allgemeinen Gestimmtheit aus verstreuten Phänomenen zu ergänzen, und doch tritt am Ende dabei nur eines ans Licht: die Gestimmtheit des Süchtigen selbst. Mehr von der Epoche wird nicht erfaßt. Die gegenwärtige Gestimmtheit könnte jemand ebensowohl von brutalem Leichtsinn wie von dumpfer Sorge regiert sehen. Vom Sittenterror der Unterhaltsamkeit wie vom technologischen l'art pour l'art. Die poetische Aufgabe ist aus der erfahrenen Gegenwart nicht leicht zu ermitteln. Dennoch griff ich einen Zipfel von ihr auf dem Weg ins Theater, wo am Rande einer Kreuzung eine alte Frau ausruhte und aufblickte, als ich vorbeiging, weil diese zielstrebigen Schritte ihr unbegreiflich schienen. In ihrem Gesicht sah ich ein Verwundern aus erlebtem Leben. Schon in meiner Generation wird kaum einer noch erlebtes Leben im Gesicht tragen. Die Sache selbst, Dasein, besteht zunehmend aus Ferne, aus Rufen von dort, aus Fluchtungen, die sich plötzlich auftun. Und es ist immer das Schon-Geschriebene, das sich auftut. Das Schon-Geschriebene der Welt, dem wir begegnen müssen, um zu leben, denn Leben ohne diesen Zu-Satz kann es nicht geben. Doch das Schon-Geschriebene bleibt vielen verborgen oder wird unsäglich flüchtig durchgeblättert.

Drei Knaben schreien und traktieren mit Bauchtritten einander, schießen sich mit Zündplättchenpistolen in die Schläfen. In der offenen Brutalität dieser Progenitur steht unser aller Gewaltverzicht auf dem Spiel. Das tut er nicht im Kämpfen an sich, sondern nur in den regellosen, enthemmten Formen der Angriffslust. Man hat bei uns jede Moral des Kampfes vernachlässigt, so vor allem auch die, die Würde des Gegners zu achten. Die Quelle des Übels ist Formlosigkeit. Aus formloser Friedfertigkeit ging formlose Gewalt hervor. Man soll den Kindern eben nicht sagen: ihr dürft nicht kämpfen, kämpfen ist unmenschlich. Sondern im Gegenteil, man muß sie so früh wie möglich auf die Gesetzmäßigkeit des Kampfes verpflichten.

Verwahrlosung kommt aus der Mitte der Gesellschaft, nicht von den Rändern. Sie wird auf lange Sicht nur zunehmen. Man lebt dann mit unerträglichen Spannungen und unerträglichen Gleichgültigkeiten. Dies alles ist absehbar, im wesentlichen schon anwesend. Die Zeit entfaltet nur noch dilatorische Wirkung.

Es ist schlimm, daß Diu in die falsche Abfolge geraten ist. In der Abfolge: Notzeit und Wiederaufbau wurde man einigermaßen sicher gefordert und transportiert. In der Abfolge: üppige Verhältnisse und Zerfall derselben ... Welch ein Geschiebe und Gedränge steht ihm bevor! Oder mit den Worten des vergessenen Dichters: Pour mon enfant peureux quelle patrie sauvage! (Oscar de Vladislav Lubicz Milosz) Und doch ist eigentlich Geschichtsalltag eingekehrt. Wir haben ein uns blendendes Zeitalter hinter uns, Verwöhnte, mit einem Eisernen Vorhang, der in Wahrheit die Goldene Waage war.

Ein Arkadien der Arbeit wird man uns versprechen.

Man wird das ›Soziale‹ verlieren, wie man Kirche und Gott i n der Gesellschaft verlor.

Diu zusammen mit seiner kleinen Freundin Valentina in einer Berliner Vorschule eingeschult. In der Aula hopsten die Kinder der zweiten Klasse ein Willkommen für die Neulinge. Dazu Beat-Rhythmen vom Band. Alles liebevoll unbeseelt. Video-Kamera-Augen der Eltern stieren von allen Seiten auf die kleinen Lieblinge.

»Wir beide sind Krankenhausärzte, mein Mann und ich, am Freitag kommt der Oliver mit dem Babysitter in die Vorschule, freitags operieren wir beide, das Kind wird vom Babysitter auch aus der Betreuung abgeholt.«

»So viele neue Namen«, stöhnt die Vorschullehrerin und hängt die bemalten Bärenkopfschilder auf, auf denen die Namen der Kinder stehen. »Morgen also halb neun! ... Ja, nach der neuen Regelung, das Essen, wenn Ihr Kind essen will, bei uns, die Nachmittagsbetreuung holt es hier in der Klasse ab. Dann gehen sie rüber zum Essen, um ein Uhr, die Nachmittagsbetreuung bringt Ihr Kind dann wieder zu uns, Sie holen es hier bis spätestens 13.30 ab, wenn es nicht in der Betreuung bleibt, ja, bei mir, in der Klasse.«

»Mein Kind wird vielleicht schon fliegen können«, sagt ein Immobilienmakler und zeigt stolz auf seinen bebrillten Knaben.

»Die Eltern können es noch nicht, aber in seinem Blut regt es sich schon ... Diese Gewißheit, fliegen zu können, zunächst einmal nur im Gleitflug. Aber mein Sohn, ich denke mal, er wird zu den ersten gehören, die ganz aus sich heraus flugfähig werden, einer der ersten überhaupt.«

»Allein schon das Hüpfen«, erwidere ich, »die Sprunghaftigkeit, das Auf und Ab, natura saltans der ganzen Existenz!«

Was soll das? Das Kind müsse zum Judounterricht, je einmal die Woche zum Klavier-, Flöten- und Tanzunterricht, zur Chorstunde, zum Reit-Schwimm-Tennisunterricht, sonntags ins Kindertheater, montags in den Malkreis, dienstags in die Sterngucker-Gemeinde, mittwochs in den Bastelclub. Das Kind hat einen gefüllten Terminkalender der Vergnügungen und sagt, es könne deshalb nicht zu seinem Freund zum Spielen kommen, weil es am nachmittag zur Eurhythmie-Gruppe müsse. Die Mutter steht dem an Selbstpflegeprogrammen nicht nach: die Aroma-Therapie, die Meerwasser-Behandlung, das elektrische facelifting ohne Messer, die vorsorgliche wöchentliche Darmspülung, die Akupunktur, die Reflexologie, die Inanspruchnahme magnetischer Felder für das körperliche Wohlbefinden, die Astrologie, die holistische Massage ...

Was in unserer Mitte so vor sich geht, ist dazu angetan, die Geister unserer Ahnen zu vergnügen. Jeder Lebende amüsiert ein ausverkauftes Haus voll Toter. Sie setzen Preise aus für die größte Nichtigkeit und Nichtswürdigkeit des Tages, um die wir auf der Szene mit blutigem Ernst konkurrieren.

Vielleicht höre ich nicht richtig. Wahrscheinlich habe ich irgend etwas anderes im Ohr... Mir klingt beinahe alles falsch. Sie spielen nicht die Noten falsch. Sie sprechen, als hätten sie alles Verstehen vergessen; als verstünde niemand mehr, was seine Worte bedeuten. Wie ein Schauspieler, der einen Shakespearetext, eine hoch manieristische Poesie verkörpert, ohne auch nur zu ahnen, was er da sagt. Aber der Schauspieler mag bloß unberaten oder fehlgelenkt sein, die anderen aber haben schlichtweg vergessen. Ihnen ist etwas geraubt worden. Sie sind Geschlagene.

Ich wurde ein Gefühl der instinktiven Abwehr nicht los, als ich den scheußlichen Film ›Pulp fiction‹ sah, den mir seine filmischen Qualitäten nur noch abstoßender machten. Auf dieser Ebene des introvertierten Kinos habe ich nur das Empfinden, ein neusynthetisiertes Material zu berühren. Das geht einher mit der Weiterentwicklung von polymeren Werkstoffen... Dazu der Plastikdreck aus dem Mund. Kein Unterleibsfluch mehr in meiner Gegenwart! Nichts ist gewaltversessener als das künstliche Spiel mit der Gewalt. Gewalt übt nicht hermetisch. Jeder simulierte Gewaltakt ist ein Vorspielen, damit *etwas Größeres* ihn nachmache. Er spielt dem Krieg auf. Es gibt im Schnittegemetzel dieses Kriegspielens bis auf den eigenen Körper beinah nichts, das nicht schon zerfetzt wäre oder abgetrennt. Jeder in seinen Nerven beginnt ein barbarischer Techniker des Tumults zu werden. Gleichzeitig ist so ein Film auf öde Weise sozialkritisch als jeder Vietnam-Streifen: es wird mir immerzu etwas doziert von den verbrauchten Gebräuchen des Auges, der Sinne, der ›Intelligenz‹, mit denen diese Techno-Kentauren, Unterleib mit Video-Schädel, heute ausgestattet sind. Dieser zur bloßen Geschicklichkeit verfeinerte mediale Narzißmus wird dennoch aus seiner selbstbezüglichen Welt heraus seine Ablösung, seine Überwindung erzeugen.

Tanz auf den Deponien der verbrauchten, weggeworfenen Güter, Anbetung von shredder-Türmen, nichts wird schneller historisch als Jugendzeiten in der Kunst. Die Nachkriegsperiode wird einmal als die Epoche in die Geschichte eingehen, die zwar die ewige Jugend nicht, dafür aber die ewige Jugendlichkeit als Zwangskultur erfand. Undenkbar, daß in ihr, wie in der klassischen Moderne, ein Künstler seinen Weg von Waste Land zu Four Quartets, vom Sacre zu Apollon Musagète hätte nehmen können. Das Neuklassische im Wandel eines Werks, das man gegen die wilden Anfänge gern herabsetzt... und doch sieht man daran, wie sich ein Künstler bewegt und bewegen muß, sobald sein schöpferischer Spielraum die Kunstgeschichte wird und er seine Jugend nicht konservieren will. Es ist der natürliche Weg — wir haben es vergessen in einer Periode, die keine ästhetische Revolution kannte, wie es die Moderne war, sondern nur den Ersatz einer eintönigen, sich immer wieder auffrischenden Pubertät der Kunst. Sie behindert den Wandel durch Kunstgeschichte und erschwert es dem späten Werk, seren und unberechenbar zu werden.

Das im Alter zunehmende Individuum wird in einer überalterten Gesellschaft eher eine Seltenheit sein. Ein perverser Konservativismus hält darauf, daß den Achtzigjährigen unverändert dasselbe bewegt wie den Fünfunddreißigjährigen.

Das Subjekt ist außerstande, das maßlos Disparate, das ihm zugespielt und eingeblendet wird, als ein A u t o r zu ordnen, als ein Autor des Verstehens. I cannot make it cohere, das tiefste Wort des Zeitalters, wird überliefert vom Dichter vor seinem Verstummen, von Pound. Nicht weil ihm sein spätes Canto zerbrach, sondern weil der Satz als die Wurzel unseres verlorenen Bewußtseins gelten muß. Auf der Höhe seiner Zeit kann niemand mehr existieren. Seitdem die Illusion verloren ist, bei fließender Kenntnis des Vielen dennoch die ansteigende Tendenz, d e n Fortschritt zu ermitteln, gibt es nur noch das schlanke und zweckmäßige Begreifen und den Mammut des Unbegreiflichen. Kein Subjekt, nicht einmal ein Musil, wäre fähig, die ziellosen Bewegungen innerhalb des umfassenden Nichtfortschritts zu *erzählen*, in ein Präteritum zu ordnen, als stiegen und fielen die Zeitalter noch. Das unerfindlich Viele, das mal als ein schlechter Witz erscheint, mal als ein blühendes Pluriversum, das machtvoll durch sich selber herrscht, duldet kein anderes Autorbewußtsein neben sich. Wir haben lediglich mittelbare Instanzen, interne Medien, etwa die galoppierende Zunge oder das desultorische Gedächtnis, in denen sich das unbegriffene Wissen der Zeit bemerkbar macht, dies Wissen ohne Wissende.

Wenn früher ein Mensch in Ohnmacht fiel, weil er einen großen Affekt nicht bei klarem Bewußtsein meistern konnte, so ist heute das Bewußtsein vom G a n z e n der Welt in Ohnmacht gefallen, und diese Ohnmacht entläßt noch Seufzer wie »Worldwideweb«, »Apokalypse der Natur«» oder »Wertezerfall«. Dies wird nicht von bleichen Wangen und Lippen angezeigt, sondern vom ohnmächtigen Gerede, das viel glaubwürdiger das verlorene Bewußtsein vom G a n z e n der Welt bezeugt, als es die sinnliche Belästigung, die es zweifellos darstellt, vermuten ließe. Es kommt nicht darauf an, die Lächerlichkeit der Mitteilungen zu bewerten, sondern ihnen das Realissimum und zugleich also das Verheißende der Ohnmacht zu entnehmen.

Wieviel mehr die Alten wußten und vermochten! (Und die Alten sind für uns die Heroen des beginnenden Zwanzigsten Jahrhunderts.) Diese empfindliche Achtung für die Überlegenheit der ›Klassiker‹, wie sie in ›römischen‹ Perioden immer wieder die Nachgeborenen ankam, scheint heute gänzlich verschwunden. Jeder hält sich für eigenartig und souverän genug, um von den Alten nur zu nehmen, was er für gewisse ironische Zwecke gebrauchen kann. Jemand schreibt einen einfühlsamen Roman über Ovid, doch die Macht, Augustus, wird wie selbstverständlich mit den billigsten herrschaftskritischen Klischees versehen. Dabei sollte seine Kritik bei ihm selbst und bei der Kompetenz seiner Aneignungen beginnen. Seit Hitler, seit der Ära der »Bewältigungsproblematik« sind katachronistische Überheblichkeit oder Nonchalance beinahe das einzige Talent, mit dem der Gegenwartskünstler der Geschichte begegnet. Wie man aber aus u n s e r e r Zeit auf eine frühere herabschauen kann, das möchte mir einer begreiflich machen! Auch darin zeigt sich das Konservative einer Epoche der Jugendlichkeit, die zur Ideologie erstarrte.

Unsere Jugend hatte sich früh mit der Klugheit und Widersetzlichkeit von Achtzigjährigen verbündet. Marcuse, Kortner, Bloch. Heute lebt man, von den Greisen befreit, nicht jünger.

Es gibt eine neue, klar markierte Trennlinie, die zwischen dem (abfällig so genannten) »Metaphysischen« und allen übrigen bunten Kunstfreuden unserer Tage verläuft. Hier genügt der Geruch, man braucht gar nicht erst hinzusehen, die Verdammung folgt auf dem Fuß, gleichgültig übrigens, ob es sich um einen Film von Kieslowski, eine Aufführung mit Edith Clever oder eine Oper von Stockhausen handelt. »Das mystische Wabern«, »der hohe Ton« (der nur deshalb stetig an Höhe gewinnt, weil das Niveau der Berichterstatter seine endgültige Niederung noch immer nicht erreichte), sie markieren gegenwärtig die einzige Grenze, die noch feste Parteiung schafft und antagonistische Qualität besitzt. In dem Moment, da eine Sprache bereit ist für das Unvermittelbare, für An-spruch und An-klang, wird sie unverzüglich auf den erbitterten Widerstand der Kommunikationsangestellten stoßen. Doch daß diese Bereitschaft, diese Öffnung nicht mit gefälliger Ironie und sprachlicher Geschicklichkeit zu bestreiten ist, müßte sich eigentlich von selbst verstehen. Ich vergesse aber, daß ich es nur mit Neuerscheinungs-Exegeten zu tun habe, die den Namen Hamann oder Franz von Baader oder Hugo Ball vielleicht gar nicht zur deutschen Literatur zählen. I c h aber bin ihr Medium, durch mich leben sie und leben besser als im Hauche gelegentlicher Gedenkartikel zu Geburts- und Todestagen.

Die jüngere Roman-Literatur zeigt zumindest auf dem Markt einen produktiven Aufschwung, seitdem die Risiken der Moderne in Vergessenheit gerieten und eine nachschöpferische Unbefangenheit die Werke leichter hervorbringt. Keine Neuheit, die nicht aufs neue damit verblüffte, wie sie irgendein bekanntes Muster traktiert und erfüllt. Es ist, als liefen alle Schiffe nur noch ein in den großen Hafen der Literatur und kaum eines zöge noch hinaus auf offene See.

Oft genug gelingt das täuschend echte Simulieren der Erzählung. Angesichts der gewaltigen Formkräfte, die den Roman zum modernen Kunstwerk machten, bildet die Fortsetzung ein merkwürdiges Gemisch aus Trieb und Könnerei. Die Autoren sind literaturgenetische Gezüchte, sie haben die Welt der Literatur niemals von außen gesehen.

Im übrigen dominiert der Hang zu Stoff und Mitgeteiltem, wie Adorno es einst gegen das ästhetische Begriffsvermögen eines Lukacs wandte. Auf den Markt geschaut, haben er und schlimmere Galgenstricke den Sieg davongetragen.

Solange es ein ästhetisches Gewissen gab — oder war es allein die musische Autorität des einen Frankfurters? —, hatte der Markt noch seine Grenzen. Heute durchdringt er, der wahre Meister, jedes Debütanten Stimme, die sich erstmals hervorhebt, und der Schrecken setzt ein, wenn man im unverbrauchten

Talent die Verbrauchtheit des Betriebs artig verkörpert sieht.

Bedrängt von Meisterwerken wird man Woche für Woche, neue Filme und Romane, obgleich sie in der Regel ein wenig zu harmlos ausfallen und es zu meisterlich verstehen, größere Gefahren des Geistes und der Form zu vermeiden, um nicht letztlich aus der Werkstatt von Kleinmeistern zu stammen.

Wenn fünfzehn Millionen Deutsche den Spaß wollen, dann vielleicht fünfhundert Ironie und Gescheitheit. Ganze zwei wollen weitere Beweise für die unermeßliche Weite der Melancholie.

Das Verhältnis war nicht immer so und wird sich eines Tages ändern. Stimmungen beeinflussen bekanntlich den Markt, aber der Markt handelt auch mit Stimmungen.

Nötiger denn je hat die Demokratie eine ihr abtrünnige Instanz, zu der sie eine lebhafte Spannung unterhielte. Also der geheime Körper des Widersachers, der magische Schlaf des Königs im Berg? Nein. Es genügt ein klares Herz. In seinem Herzen ist niemand Demokrat.

Die Botschaft vom Ende des Heidentums – ›Der große Gott Pan ist tot!‹ – wurde einem unbedeutenden Steuermann des Kaisers Tiberius zugerufen, als sein Schiff in der Flaute trieb am Abend. Er gab sie weiter, wie ihm geheißen. Obgleich er zunächst in

Zweifel geraten war, es zu tun, und sich mit den übrigen Passagieren des Schiffs darüber beriet.

Wer weiß von sich, ob er nicht ein Zwischenträger ist? Wer weiß, welche Nachricht ihm anvertraut wurde und mit welchen Worten verschlüsselt er sie überbringt? Ob nicht das, was er so eigenständig gesprochen glaubt, in Wahrheit eine Botschaft darstellt, von der er nichts ahnt? Bruchteil eines langen Codes, der einem fernen Geist in seiner Sphärenflaute meldet: Das große Wesen Mensch ist tot!

Zur Disproportion von Seele und Komfort: es ist lächerlich, mit einem Handy am Ohr gekrümmt am Bartresen zu sitzen, zu horchen, zu sprechen und eine anderswo zu einem radikalen Abschied bereite Person durch ständig wiederholte Anrufe umstimmen zu wollen, dabei aber selber ein reales Fragezeichen zu verkörpern vom gebeugten Kopf über den buckligen Rücken bis zur Kehre in den Knien und den Unterbeinen, die sich ins Gestänge des Barhockers klemmen.

Zuweilen purzeln einem Wichtel des Todes über den Weg. Das schmächtige Männlein mit den kreidebleichen Fingern, der Logiker, der anglophile Pragmatist, auch er ein Unerbittlicher, der mich verloren gibt, weil ich »mich dazu hinreißen ließ«, einen Satz mit drei offenen Punkten n i c h t abzuschließen, »dies schludrigste, schäbigste Stilmittel, dies pseudoaffektive Satz-Entgrenzen«, damit bin ich für ihn erledigt, und er kann das Werk einfürallemal beiseite lassen. Im Zuschlagen von anderer Leute Bücher erwies sich seit je die ganze Energie des dünnen Victor. Meinerseits verachte ich ihn nicht. Auch er ist ein System, auch sein Herz schlägt höher, wenn ihm etwas glückt, auch er, der Logiker, kann wie ein Inspirierter sprechen. Alles, was Sinn hat, ist dargestellt. Und was Unsinn ist, wurde durchgespielt oder ertragen. So bleibt es bei der reinen Beiläufigkeit als der letzten, vielleicht souveränsten Domäne der Schrift. Sie erkennt ihre Asymptote und weiß, daß das Unerreichbare stets unendlich nah ist. Und nur in der unbegrenzten Beiläufigkeit kann Gestalt gewinnen, Gestalt wieder verlieren, was wir als ›Leben‹ vergeblich zu fassen suchen und sowenig erkennen, wie ein Iltis im Spiegel sich selbst.

Was tun zur Bekämpfung des Plunder-Bewußtseins?

Der Chinakenner erzählt mir vom Super-Gau, der ökologisch im Land des Drachen bevorstehe. Die schwerste Ernährungskrise drohe der weiter wachsenden Milliarde. Wir sind alle prognostisch verseucht und erleben unsere Gegenwart oft nur als eine Art Moratorium oder als eine Periode des gnädigen Aufschubs. Kein Mensch versteht, weshalb noch nicht eintrat, was längst als Ereignis konzipiert ist und feststeht. So entsteht das ständige Gefühl einer vorläufigen Zeit.

Es ist besser, nichts von der Welt zu wissen, als zuviel von ihr, das man nicht selbst erfuhr.

Es vermehren sich die Infoholics, die Leute werden süchtig danach, fortwährend das Große und Ganze, die Weltlage abzuschätzen wie die Börsianer und darüber jedermann Mitteilungen zu machen der Art, wie man früher vom Wetter sprach. Das Doxische, das Dafürhalten, wird toxisch, es betäubt die Intelligenz wie das Schamgefühl, jetzt und gerade jetzt n i c h t : etwas Allgemeines von sich zu geben.

Das Jahrtausendende wäre nur für den traditionalen Menschen, den Menschen mit tieferen Zeitbindungen von Bedeutung. Tatsächlich aber erleben wir in seinem Herannahen einen Ebbesog, einen Entzug von Bedeutungen in all unseren Werken, Worten und Entwürfen. Es ist wie kurz vor dem Abfluß, da die Reste in ein hilfloses Kreiseln, in immer raschere Wiederholungen geraten. Derjenige aber, der wirklich Millennium-Furcht und -Ehrfurcht besäße, widerstünde dem großen Entzug.

Das Netz reindividualisiert das Kollektiv und retikularisiert das Individuum? Immer weniger Zuschauer sehen dasselbe Programm. Doch wie jedesmal, wenn wir versuchen, die Mannigfaltigkeit der Natur zu kopieren, Schöpfer von Differenz zu werden, endet alles unweigerlich beim großen Einunddemselben. Tausend Programme gehorchen einer einzigen Auffassung dessen, was ein Programm zu leisten hätte.

Die Leiblichkeit der Dutzenddeutschen ist in der Regel abstoßend, man muß bis in die Zone ihrer Unheimlichkeit vordringen, um sie interessant zu finden. Es ist nicht »falsche Ernährung« der einzige Grund für die Unförmigkeit meines Landsmanns an der Tankstelle, der seine Wampe nur mit einem grobmaschigen Unterhemd bedeckt und über seine kurze Hose wölbt. Die Zahl der Vulgären und Deformierten bleibt vermutlich unter Germanen konstant. Daß man jedoch nur Übergewicht und niemals stattliche Leibesfülle zu sehen bekommt, wird von der Art der Bekleidung entschieden. Das Unheimliche beginnt, wenn man jeden Sinn für öffentliches Angezogensein verloren hat, wenn also unsere homewearing people die Straße zu einer scheinbar gemeinsamen Wohn-Tele-Stube machen, während in Wahrheit jeder nur seine eigene Wohnstube hinausträgt unter Mißachtung der Öffentlichkeit, die er mit allen anderen bildet. So privat sollte – so privat darf sich draußen keiner tragen. Es gibt eine Grenze der Intimität zur Öffentlichkeit hin – oder es gibt sie umgekehrt demnächst auch vom Öffentlichen zum Intimen nicht mehr. Von beiderlei Grenzauflösung kann der Weg nur tiefer ins Unheimliche führen.

Warum wechselt die Mode nicht mehr? Leben wir im posthistoire der Mode? Warum sind die Massen gegenüber Mode völlig unempfänglich geworden und tun Vorbilder und Idole, die sich durchweg zu kleiden verstehen, keine Wirkung mehr? Nur weil die Welt ein überwältigendes home-Erlebnis wurde?

Angenommen gegen alle vorherrschenden Eindrücke, die moderne Welt sei eine übertrieben langanhaltende und träge Periode, eine eher statische Zeit, wo ein dichtes und doch begrenztes Spiel mit wechselnden Motiven immer weiter gespielt und nie durch ein wesentlich anderes ersetzt wird ... seit hundert Jahren die gleichen Reflexionen der Befindlichkeit, noch mal Philister, Reichtum und ennui und immer noch die Gebote der Immoral nach Göttersturz, »nach Nietzsche« ein volles Jahrhundert lang ... dann tritt auf einmal das Dilatorische, das erweiterte Warten, der Aufschub in allem als das tiefere Zeitmaß hervor aus den vordergründigen Beschleunigungen.

Komödie des Epochenschwindels. Als habe sich etwas geändert. Als säßen wir nicht ein wie eh und je in unserer historischen Ausnüchterungszelle. Als würden wir nicht als hinfällige Agnostiker, Greise der Unreife und der Ratlosigkeit das Jahrtausend wechseln.

Das Geistige scheint wie die Pfütze auf den Schlammwegen, wenn die Sonne darauf fällt. Es wird sich aus den glänzenden Lachen kein Strom bilden.

Schlimm ist die theologische Stumpfheit in den Kreisen der herrschenden Intelligenz, trotz Benjamin, Scholem, Bloch. Natürlich ist sie eine Folge der Ausmerzung, Verödung religiösen Verstehens insgesamt. Schlimmer wäre allerdings: die »Ausschlachtung des theologischen Denkpotentials« als intellektuelle Modeströmung.

Mitten auf der Straße höre ich die runden Kronen von Eiche und Walnuß, die sich zu Haus im Nachtwind aneinanderlehnen und verständigter rauschen als die Schwärme am Samstag abend in den »Hackeschen Höfen«.

Je tiefer es einen nach Schönheit verlangt, um so unerträglicher erscheint alles Geschmackvolle.

Die virtuelle Welt verschlingt die Innenwelt, indem sie die äußere nicht mehr als befremdlich und kompensierbar zu erfahren gibt, sondern als vollständig morph- und manipulierbar.
Ist der Tod nicht nur ein Tod des Scheins? fragt Ungaretti in einem späten Gedicht. Jetzt muß der Tod zweimal töten.

Ausstellungen, die den großen Gewaltregimen des Jahrhunderts gewidmet sind, führen Kunstwerke nur als Kunstbeispiele an und behaupten eine schreckliche Übermacht des Geschichtlichen über das stille Gesicht einer Bronzefigur. Auf diese Weise wird der Streifzug durch die Gewalt-Epoche doppelt deprimierend, weil Kunstwerke nur als ein Zeugnis unter anderen, etwa Zeitungsartikeln und Werbeplakaten, auftauchen. In Wahrheit gilt genau das Umgekehrte: die Geschichte, auch die präpotente der ersten Jahrhunderthälfte, ist auf weite Strecken nichts als ein Unglücksfall der großen Entwicklungen des Geistes und der Kunst der Moderne. Wie flüchtig und kurzlebig erscheinen heute die erbitterten Konfessionen politischer Führungen, verglichen mit den tiefen, über die Zeiten tragenden Beglaubigungen in den Büchern von Kafka, Rilke, Heidegger, um nur drei Deutsche zu nennen.

So viel Vorgeschmack auf die Hölle.
So wenig Nachgeschmack vom Paradies.

Der technische Hedonismus wird dafür Sorge tragen, daß in einem gegebenen System von Biografie genügend Schnittstellen zu außerbiografischen Erlebniswelten bestehen. Nur ein reibungsloses Ineinander von Atmung und biografieübergreifenden Erlebnissen wird dann noch als Lebensgefühl registriert.

Die Weltvermeidungsenergie bleibt auf Erden erhalten: vom Anachoreten bis zum PC-Autisten. Allein mit allen, in der Klause ›Zur ganzen Welt‹ wird das Mysterium vollzogen.

Wer sucht, daß ihm das Unveränderliche begegne, zerreißt täglich den dichten Filz der Gegebenheiten, ist niemals ›konservativ‹, sondern immer aufbegehrend. Und das Unveränderliche tritt ihn auch nicht mit stillem Heiligenschein an, sondern platzt herein ins Gedränge der Signale und Minuten, unverhofft, mitten im Lärm.

Die Deutschen waren für fünf oder sechs Jahre von ihrer Gemeinschaft berauscht. Zur Strafe mußten sie tausend Jahre lang untersuchen, wie es dazu kommen konnte. Ihr Ingenium erschöpfte sich in Nachträglichkeit.

Es ist leichter, ein autoritäres Regime zu Fall zu bringen, als ein liberales System vor seiner eigenen Zerrüttung zu bewahren. Das eine ist künstlich, starr wie ein Kristall und kann gebrochen werden. Das andere ist organisch und kann nur absterben.

Die Extreme bleiben heute separatistisch, bilden aber Keimbahnen des Separaten und Sektiererischen, die das Ganze auf Dauer mehr gefährden als der offene Vorstoß von Staatsfeinden, der zuletzt von links die Allgemeinheit im ganzen herausforderte.

Die offene Gesellschaft, netzüberworfen von einigen geschlossenen Orden des Verbrechens, gleicht einem übersättigten Wirt, den die Organismen des Separaten, je lauter er ihnen grollt, um so verstohlener durchwandern.

Die menschliche Lebenswelt, die nur fortbesteht, indem sie die verschiedenen Muster ihres Selbstverständnisses durchspielt und an keinem für immer festhält. Zu meiner Zeit war es nun ausgerechnet das Muster der Komplexität, der Dialektik der Auflösungen, der hochtrabenden Emanzipationen. Niemandes tieferes Verlangen hat dieses Muster stillen oder wecken können. Es hat vielmehr das ›tiefe Verlangen‹ an sich, als ein Wesensteil des Menschen, beschädigt oder gar zerstört. Doch auch dieses Muster ist nun durchgespielt, wie alle anderen vor ihm. Bercant notre infini sur le fini des mers. (Baudelaire)

Im Grunde bleibt jeder von einer Zukunft überzeugt, die auf Prolongation und Steigerungsraten hinausläuft. Gleichzeitig bekennt er sich (öffentlich, statistisch etc.) zu der Überzeugung, »daß es s o nicht weitergehen kann«. Beim vielbeschworenen Umdenken verhält sich der Mensch im Grunde nicht anders als ein Tier: erst die Not macht es ihm notwendig, sich anders zu verhalten. Ein Leben mit der bitteren Einsicht in die Unrettbarkeit der angenehmen Verhältnisse ist bei weitem erträglicher, als die geringste Konsequenz aus ihr zu ziehen.

Sie produzieren, sie arbeiten, sie verteilen den Reichtum, sie bezahlen den Frieden. Diese Überantwortung der Geschichte an die Ökonomie diente dem Erhalt des inneren und äußeren Friedens besser als jede ideelle Politik. Da niemand weiß und niemanden es zu wissen drängt, was ›dahinter‹ noch sein könnte, da Eroberungen weder im ideellen noch im sozialen Sinne verlockend erscheinen, wird das, was ist, zum stetig erschwerten, stetig erneuerten Ziel. Das Können, Wissen, Verwalten richtet sich auf die Renovierung des Gegebenen und Gehabten.

Dies bringt den Konservativen um seinen Begriff. Die Summe dessen, was er nicht für erhaltenswert erachtet, steht in keinem Verhältnis zu den bettelhaften Resten, die er schützen möchte. Sein aktuelles Nein zu den Gegebenheiten ist weitaus radikaler als das systematische des Revolutionärs. Seine Unduldsamkeit ist – not-gedrungen – zur Kritik der versagenden Kritik geworden.

Der Arme in einem armen Land trägt das Antlitz der Armut. Der Arme der Konsumbrüderschaft ist meist nur die unterste breithüftigste Charge ihres unförmigen Reichtums.

»Vielfalt statt Einfalt!« Mit solchem Spruch wollen sie den Papst vermahnen. Der Letzte auf dieser Erde, der dazu berufen ist, das Heil nicht von Reformen zu erwarten. Diese Leute ahnen offenbar nicht, wie nötig die Entfaltung des Pluralen der einen Instanz bedarf, die es ausschließt. Sie wissen nichts von Einfalt, die längst verlorenging, aus dieser Welt fast spurlos schwand – und wieviel Kraft und Gewissen sie erfordert, im Gegensatz zum raschen Zapping durch die nahverwandten Meinungen. Wie kann man für das Viele sein, wenn man das Eine noch nie erfahren hat? In dessen Namen doch der Gläubige seine Religionszugehörigkeit begründet.

»Das Wort Ketzer klingt heutzutage wie eine Absolution.« (Ceronetti)

Die Moden der ›liberalen‹ katholischen Intelligenz über das zu Ende gehende Jahrhundert: Modernismus (1903) Patriotismus (1916) Kulturismus (1925) Tragizismus (1942) Existentialismus (1953) Soziologismus (1959) Neomarxismus (1969) Psychotherapismus (1978) Ökognostizismus (1985) Sakrofeminismus (1988). (Aus einem Aufsatz über die conquista von Hans Georg Kuttner) So ginge die Kirche mit der Zeit, wie es viele doch fordern, und verginge mit ihr.

Die Katachronisten – meines Wissens eine Prägung von Raimondo Panikkar –, also jene kritischen Gemüter, die jegliches Ereignis der Vergangenheit aus heutiger Erkenntnis bewerten, Geschichte mit dem Zeitgeist kontaminieren, sie halten Predigt für Propaganda, wie sie alles Ursprüngliche nur nach seinen letzten Ergebnissen, seinen späten Verirrungen und Verderbtheiten beurteilen. Der antiklerikale Affekt regt sich beim kritischen Zeitgenossen immer noch so wütend, als stünden die Menschen Schlange vor den Kirchen.

Ich saß in einer Autobahnraststätte, junge Polizisten brachten mit lockeren Sprüchen Entführte an den Nebentisch, die von Kidnappern nach zweiwöchiger Haft auf einem Parkplatz ausgesetzt worden waren. Der leitende Beamte wandte sich an mich und stellte mir zwei Männer vor, mit denen, wie er sich ausdrückte, eine Unterhaltung vielleicht lohnend für mich wäre.

Da gab ich den Entführten die Hand und sah nichts als verschlossene deutsche Männer vor mir, sehr hochgewachsen, beide in Trenchcoats mit Achselklappen, der eine trug eine dicke Hornbrille. Diese Männer, dachte ich, wie wenig habe ich doch mit ihnen gemein, mochten sie nun Entführte oder in andere Abenteuer Verstrickte sein! Ihr Erleben, ihre ganze innere und äußere Ausdrucksbeschränktheit, ihre durch berufliche und menschliche Betriebsamkeit gänzlich abgeschliffene, banale Erscheinung, ihr lediglich den äußeren Mannesumriß erfüllendes unteres Schergentum der Männlichkeit stand mit mir in keiner geschlechtlichen Verwandtschaft, sie waren mir artfremder als Bisons. Ich dachte: was ist das für eine schale, verdruckste, leblose Rasse! Niemals erfreute ich mich unbefangener meiner Unvernunft, meines hüpfend mannweiblichen Herzens, meiner verwirrten, doch immer regsamen persona, meines Kindkönigtums an Erfahrung, denn ich, der gar nichts erlebt hatte, verglichen mit jenen, die fast erloschen die härteste Prüfung ihres Lebens bestanden hatten, ich war innerlich ein Alexander der Große! Was sie auch erzählten von ihrem außergewöhnlichen Erlebnis, unvermeidlich geriet es zu einem staubtrockenen Geschäftsbericht.

Es gibt Menschen, die leben ohne jeden Ausdruck von Geschlechtlichkeit — nirgends von Kopf bis Fuß wird man an ihnen einen Schimmer vom Sexus finden. Und wenn sie sich auch ›geschlechtlich betätigen‹ wie jedermann, so muß das, gemessen an ihrer Erscheinung, mit dem Sexus so viel gemein haben wie ein Brieföffner mit dem Rolandsschwert. Sie gehen nackt, erbärmlich nackt, ohne jedes sexuelle Gewand, ihre Finger, ihre Augen, ihre Schritte umhüllt nicht der geringste Faden von sinnlichem Glück, von Sucht und Chaosfähigkeit — und mögen sie zu bestimmten Stunden (und nur auf diese begrenzt) ein noch so praktisches Triebleben führen.

Es gibt andere, zweifellos eine Minderheit, die sind, wo sie gehen und stehen, übergossen mit sexuellem Glanz. Deren Sexus verteilt und vermehrt sich in großer Vielfalt von Schattierungen und Andeutungen über den ganzen Körper zwischen Fuß und Zunge und weit über den Körper hinaus, Geist und Glaube umfassend, durchdringend, sogar die soziale Solidarität, die Bettlägrigkeit bei Grippe und den elektronischen Zahlungsverkehr, einfach alles.

Und diese sind, was ihre »geschlechtliche Betätigung« betrifft, vielleicht nur unscheinbar Liebende, vielleicht nicht einmal besonders zärtlich oder ausdauernd. Aber ihr Sexus ist allgegenwärtig in ihrem Anschein. Während die anderen ihn irgendwie epiphysisch abhandeln, nicht etwa verbergen – er käme ja immer zum Vorschein! –, sondern ihn irgendwo getrennt vom Körper, vom Selbstgefühl, von der Haut aufbewahren und auf Abruf zur Verfügung haben.

Das ist eine Verteilung von Licht und Schatten, die sich über alle Menschen erstreckt, gleich welcher Hautfarbe, Religion, welchen Geschlechts oder Rangs. Wobei im übrigen die reichen Menschen des Nordens weit weniger Helligkeit beisteuern als die Dunkel- oder Mischhäutigen der armen Länder.

Es ist eine Teilung, die noch sehr viel augenfälliger werden wird: die zwischen Geschöpfen der Lust und Geschöpfen der Unlust.

Ich zeige nur auf die Fumarolen und spreche nicht vom Vulkan.

Der akzeptierte Andersartige, etwa derjenige mit dem Impetus des Häretikers oder des Bürgerschrecks, der in der Kunst die Abdankung von Bürgerlichkeit um viele Dezennien überlebte, sprengt niemals den Rahmen des sozial Anständigen. Seine kuriosen Widersetzlichkeiten bilden seit hundert Jahren die Norm des ästhetischen Interesses. Aber eben nur seit hundert Jahren... Anders hingegen der Lump des Lichts (der eigentlich nur Léon Bloy zum Ahnen hat). Die Andersartigkeit beginnt überhaupt erst jenseits des Sozialen. Jede Widersetzlichkeit aus spirituellen Gründen fällt sofort der Verfemung anheim.

Das Nazitum als Palimpsest der deutschen Kunst auch avant la lettre – Novalis zu den Ursachen! –, das ist keine Anamnese, sondern nur ein umfunktionierter Ariernachweis.

Man kann auch in Begriffen ›wie in der Verbannung leben‹. (Yves Bonnefoy)

Die Travestie ist nicht aus der Opposition an die Herrschaft gelangt, sie hat sich gegenüber der Machtlosigkeit erhoben. Bis heute beruft sich jede auch noch so infame Machenschaft der Kunst oder des öffentlichen Lebens auf ihre Opposition zu Hitler, dem lebendigsten Toten aller Zeiten. In diesem Sinn ist unsere gesamte aufgeklärte Gesittung in Wahrheit eine okkulte Obsession.

Las cadenas que más nos encadenan son las cadenas que hemos roto. Die Ketten, die uns am stärksten anketten, sind jene Ketten, die wir gebrochen haben. (Antonio Porchia)

Zur verdammten deutschen Vergangenheit gehört das Unvergängliche der Verdammnis.

Alle Deutschen sind offiziell antifaschistisch. (Mit Ausnahme einiger Randgruppen von Neonazis und unter Berücksichtigung eines volksweit perversen Gegrummels in den Katakomben des Alltags.) Selbstverständlich stellt dieser Konsens eine viel zu schwache kollektive Kraft dar, um eine negative Identität zu stiften, wie es Auschwitz für die überlebenden Juden tat. Unser zutiefst unreligiöses und unrituelles Volk nimmt Gedenktage nicht ernst. Wo Überlieferung nichts mehr bedeutet, wird auch Erinnerung, im Sinne von Realpräsenz, Vergegenwärtigung, nicht möglich sein. Oder könnte es etwa in Deutschland einen ›Tag des Unheils‹ geben, an dem jeder Deutsche sich den Eintritt in die Schuld so vergegenwärtigt, als hätte er sie selber gerade auf sich geladen? Unterhalb dieser Vorstellungs*kraft* gibt es keine Erinnerung an das Ungeheure, das ohne Ritus nicht zu erinnern ist. Unsere Gedenktage sind Freizeit.

Ein Übermaß an Fratzenschneiderei sollte, so möchte man meinen, allgemein das Bedürfnis nach dem Angesicht, dem unerforschlichen Gesicht wieder geweckt haben. Aber davon kann keine Rede sein. Das Jahrhundert wird mit DeserteurInnen-Parade und Transvestitenshow verabschiedet.

Zu jeder Zeit ist die Nacktheit des Menschen mit jeweils anderen Mitteln zu entdecken. Es gibt immer einen Existentialismus.

Wenn der Existentialismus nach dem Krieg den

Menschen in die Freiheit stieß, so muß er heute gegen die frei-verfälschte Welt reexistentialisiert werden.

Anstatt die hochtechnischen Dinge kühl zu bewundern und sie schließlich zu all den übrigen Fertigkeiten zu zählen, die Mensch und Natur in so überwältigender Fülle hervorbrachten, versucht man sie erregt zu bedenken, skeptisch oder techno-ideologisch, jedenfalls sich mit den herkömmlichen Mitteln der Reflexion geistig einzuspeicheln und verdaulich zu machen. Und gerade damit verdirbt man sich den Geist, der noch niemals aus der Welt der Fertigkeiten seine Nahrung empfing.

Jenseits von Ja und Nein, von alt und neu, von gestern und morgen, Gut und Böse, von Verkündigung und Erinnerung – doch jenseits von 0 und 1?
 Nur in Fertigkeiten oder Perfektibilitäten bewegt sich die technische Intelligenz, nicht mit verfeinerten Sinnen – das endgültig Verfertigbare, technisch Bestmögliche seiner Art, das zieht immer neue Generationen und immer jüngere Menschen in Bann. Keine Revolutionen mehr, keine Umbrüche, nur das Auffüllen von Projektionsflächen, um den vorgeworfenen Schatten einzuholen. Jedoch Fertigkeiten heißt auch: das Projekt ist vollendbar. Es ist mit einem nachtechnischen Zeitalter zu rechnen.

Der Mond muß zerstört werden! Eine Forderung Marinettis. Die Manifeste des Jahrhundertbeginns richteten sich gegen die Macht der Tradition, die Herrschaft des bürgerlichen Akademismus in Leben und Kunst. Sie haben samt und sonders ihr Ziel erreicht.

Die letzten Manifeste des Jahrhunderts scheinen dagegen eine Art metanoia, ein Umdenken von globalem Ausmaß zu propagieren, um den Erhalt der Lebenswelt zu sichern. Gegenwärtig ist nicht abzusehen, ob die Mittel der Technik zum Erhalt der ersten Welt taugen oder ob sie, da diese dem Geist ohnehin nicht genügt, längst darauf zielen, eine zweite, die Große Prothese nämlich, zu konstruieren.

Dort, wo kein Vorstoß (der »Fortschritt« ist gewiß etwas anderes) in einer Epoche mehr empfunden wird und kein Abschied von einer alten, verfällt der Künstler entweder der Selbstüberschätzung oder droht vom übermächtigen Schatten der Ahnen erdrückt zu werden.

Das Verstehen wird überaus fein und quälend und geht zu Lasten der unbewußten Erfindungskraft. Offenbar kann der Wille zur Erhaltung, zur Wiederanknüpfung etc. nicht annähernd soviel Energie freisetzen wie der zu Umbruch, Revolution und Befreiung von ›schlechter‹ Konvention.

Darum hat also das Verneinende immer noch größere Kraft, sofern es zu einer günstigen Anwendung findet. Und wenn diese Kraft erlahmt oder schon alles verneint ist, wird uns das Frühere überzeitlich groß.

Ich las in den ›Scheidewegen‹, man plane die Sonne zu teilen und abzutragen mit Hilfe magnetohydrodynamischer Megamaschinen. Die speichern das Helium und transportieren es anderswohin. Damit ließen sich zahllose Erdoberflächen schaffen. Wir tragen die Sonne Schicht um Schicht ab. Das Projekt dauert 300 Millionen Jahre. In etwa 150 Jahren könnte damit begonnen werden.

Die Einsamkeit ist erst erreicht, wenn das Herz in freier Luft ohne Kopf und ohne Rippe schlägt.

Der Ruhm, den sie einem nachschmeißen, der Ruhm der Scheinwerfer, dient vielen heute als ein (billiges) Aufputschmittel, das ihnen unter Umständen sogar hilft, auch ein schwieriges künstlerisches Unternehmen durchzuführen.

Die Sachen selber erfahren selten einen Ruhm, der das öffentliche Erscheinen des Autors nach ihrer Fertigstellung überdauerte.

Was für ein kleiner Fall: von einem Berühmten zu einem Berüchtigten! Etymologisch ein Nichts. Einige, die heute auf mich spucken, kamen früher gern zu Besuch, und einer sagte, als er in die Wohnung trat: Lassen Sie mich erst einmal tief durchatmen. Ich muß die ganze Atmosphäre in mich aufnehmen... Heute schreibt er in den Gazetten: Hängt ihn!... Natürlich nicht als erster, sondern nur im Gefolge der Meute. Das ist kein Schicksal, das gehört zur Farce der Menschenkenntnis. Für den Umgang mit den meisten bedarf es keinerlei Weisheit, sondern lediglich des Gleichmuts, einen bitteren Spaß ertragen zu können.

Die Netze werden immer dichter, die Charaktere immer schwächer. Falschheit als Fortschrittsproblem.

Ich studierte eine Weile die Technik der Ausgrenzung. Ich studierte die allmähliche Verwandlung des erhitzten Antifaschisten in seinen negativen Lehrmeister. Es funktioniert, dachte ich enttäuscht, es funktioniert genau, wie es vorauszusehen war, wie langweilig! Moral, das ist hierzulande kaum mehr als ein Reiz-Reaktions-Ablauf, eine Pawlowsche Angelegenheit. Nichts mehr von Anfechtung und Prüfung, von Wagnis und Skepsis. Zwischen rechts und links verkehren nur noch Retourkutschen.

Gegen die Mehrheit muß man häufig das Gegenteil dessen vertreten, was man gegen die Minorität, nämlich die herrschende Intelligenz, vorbringt. Das Wort ›Nation‹ z. B. muß man dem, der seine chauvinistischen Rülpser über dem Bierglas von sich gibt, mit Nachdruck vermiesen, während man es anderen, die sich zur aufgeklärten Elite ihres Volks zählen, gar nicht antiaufklärerisch genug entgegenhalten kann.

(Valéry über Clemenceau: Er liebte Frankreich und verachtete alle Franzosen.)

Da man es als demokratischer Mensch unzählige Male hinnehmen muß, von irgendeiner Gegenseite überstimmt zu werden, bildet sich auf Dauer eine natürliche Labilität der persönlichen Überzeugung heraus. Nicht nur kann man der Gegenseite immer häufiger ›etwas abgewinnen‹, es regt sich zunehmend auch der Verdacht, daß man den gegnerischen Standpunkt ohne Einbuße an Identität ebensogut selbst vertreten könnte. Das heißt, man erweist dem Gegner nicht etwa bloß Respekt, man macht ihn sogar zur interessanteren Hälfte des Ichs.

Pornoslang und die Optik des Videoclips gehören zu den selbstverständlichen Voraussetzungen des neueren Kinos, bilden seine Lingualität, die hohe Zungenfertigkeit der Bild- und Dialogsprache. So auch in dem interessanten Film ›Leaving Las Vegas‹. Doch in diesem besondern Fall löst die Lingualität das Wesentliche von seinem »schmutzigen« Hintergrund ab. Es gelingt, die gewonnene künstliche Essenz tatsächlich auch als reine Essenz zu verabreichen. Die Trinker-Hure-Geschichte, die man sich im Bukowski-Stil der siebziger Jahre vorstellen könnte, wird hier zu einer fotografischen, oft ikono-fotografischen Menschenstudie, eine Sache der alten Gefühlsgewalt, des klassischen Melodrams, nirgends Schmutz der verschnittenen Welt. Zum ersten Mal dachte ich, daß selbst der faule Zauber der sekundären, virtuellen Welt absorbierbar sei – durch ein unverhofftes Gegenüber, durch das absolute Gegenüber von Mann und Frau. Jedoch, eine Leidenschaft, die so viel Schein aufsaugte, ginge wohl auch, wie in diesem Film, in einem tödlichen Rausch zugrunde. Und das läßt einen hier nicht kalt: der nekrotische Leberschwamm als Erlösungszauber. Keine Welt. Nur Physis und Anblick.

Das unverwandte Gegenüber von Mann und Frau. Die doppelsinnige Wachheit: der Angriff und der Anblick. Wie das Feuer, das wärmt und verzehrt. Und auch das Seite-an-Seite, der gleiche Schritt, der Schlafwandel des Vertrauens.

Doch nur der Abschied, das ungeheure Mikroskop, erkennt und würdigt jede einzelne Faser der Bindung.

Das unverwandte Gegenüber, das aus vielen gekündigten Kontakten allmählich entsteht, denunziert das Ungeschick der »Beziehungen«: alles zu lasch geknüpft, auf Widerruf wird geliebt von Anfang an. Der Wille zum anderen durch furchtbar rationale amour propre gebrochen und geschwächt.

Was seit langem ohne Scham geschah, wird rückgängig gemacht in der kommenden Zeit und muß noch einmal, dasselbe, unter qualvoller Scham getan werden. Es möge uns ein einziger Straf-Kunst-Raum umschließen.

In dem Moment, wo nur noch der Anstand zählt zwischen Mann und Frau, wird er zwangsläufig verletzt.

W. Allen, ›Women and Husbands‹ ... Das kann doch nicht alles sein, was man über Menschen zu sagen hat, die man zuerst ein Paar bilden und dann ihre Mißbildung besprechen läßt! Ich weiß nicht, was mir einen solchen Film so fadenscheinig macht. Wahrscheinlich die Indezenz. Eine Unmenge überflüssiger Mitteilungen, sogar offene Geständnisse mit einem Mikrofonknopf im Jackettrevers ... S o ist Kunst eine abgelebte Welt und braucht nicht zu sein. Die Indezenz ist allerdings in allen Kunst- und Lebensformen inzwischen mein Hauptgegner geworden. Dazu wurde nun ich im Gegenüber von Mann und Frau erzogen. Die meisten Menschen müssen es anscheinend hinnehmen, daß in ihrer Ehe die Schamlosigkeit mit den Jahren in schamloses Gerede verfällt. Die Metabolik der Leidenschaft ist unvermeidlich, doch kann in ihrem Verlauf auch Scheu wiedergewonnen werden, eine Art zweiter Scham, die nur aus nächster Nähe entsteht, um Grenzen zu wahren. Meine Fantasie wider die Indezenz dreht sich einzig um die Wiederentdeckung der Nacktheit. Alles, was bösartige Enthüllung durch Worte verletzt hat, muß mit bergender Lust geheilt werden.

Ein junger Bursche folgte einer Greisin auf dem Fuß. Sie drehte sich um und fragte: »Was hast du? Warum klebst du an meiner Ferse und überholst mich nicht?«

Der junge Mann antwortete: »Wie Sie gehen, hat mich verführt. Es zieht mich an.«

Die Alte: »Das ist nicht wahr. Ich bin zu alt. Meine Schritte können nichts für dich bedeuten.«

Der junge Mann: »Nun gut. Dann glaub mir: Ich bin ein Schauspieler und muß mich auf der Bühne in eine alte Frau verwandeln.«

Die Alte: »Dann wirst du ein schlechter Schauspieler sein. Denn wer auf der Bühne etwas nachahmt, was es tatsächlich gibt, kann niemanden von seiner Kunst überzeugen.«

Der junge Mann erwiderte: »Aber Ihre Schritte sind nicht allein etwas Tatsächliches. Sowenig, wie sie nur aus dem Körper kommen. Sie pochen den Geist Ihres langen Lebens auf das Pflaster. Und er war es, der mich verführte, Ihnen so lange zu folgen. Ich hörte, ich sah so viel von Ihnen, ich könnte es niemals nachahmen.«

»Wenn du ein so begabter Mensch bist, daß dir die Schritte einer Person ihr ganzes Leben erzählen, dann wirst du es als Bühnenkünstler schwer haben, ein fremdes Wesen darzustellen.

Ein einziger unauslöschlicher Eindruck von einem fremden Menschen muß dir genügen, und dieser Keim geht in d i r auf und läßt in d i r das Wesen jener Greisin entstehen, die du spielen willst. Alles andere wirkt angeeignet, einstudiert. Eine Sache, eine Handhabung sollst du unendlich lang studieren — einen Menschen m u ß t du im Vorübergehen erfassen.«

»Woher wißt Ihr, Ehrwürdige, so genau, was ein Schauspieler beachten und was er sich verbieten soll? Habt Ihr selbst schon auf der Bühne gestanden?«

»Niemals. Und nur selten besuchte ich in meinem Leben eine Theatervorstellung. Doch sah ich dir an, was du halbwegs selber weißt. Was du halb vergessen bei dir erwogen hast. Ich alte Frau entdeckte es an dir, einem blutjungen Schauspieler, der sich ungeschickt, aber doch im wesentlichen schauspielerisch beträgt. Ich sah in deinen Blick hinein wie in einen langen Flur, wo man von Tür zu Tür die Regeln deiner Kunst sich zuruft, ein langer Flur, der bis in graue Vorzeit reichen mochte, da das Schauspiel noch den Menschen heilig war, wenn sie Opfer darbrachten und die Götter nachahmten in versöhnlichen Festen. Ja, nachahmten. Aber wie konnten sie nachahmen, was sie niemals zu Gesicht bekommen hatten? Und doch taten sie *so als ob*. Und es kamen eigentümliche Formen zustande, sichtbare, greifbare und doch wunderbare, weder dem gemeinen Menschen auf Markt und Feldern, noch dem Wandel der Himmlischen ähnlich, der niemandem bekannt ... Wenn du mir folgst und meine Schritte weiter hörst, wirst du am Ende deinen Beruf verlernen. Ich hingegen würde mir am Ende aus deinem Anblick ein übermäßig nutzloses Wissen über einen Beruf aneignen, der mir auf meine alten Tage von Herzen gleichgültig ist.«

»Nun weiß ich, was mich verführte, Euren Schritten zu folgen. Ich ging Euch nach, um den Sinn meines Berufs zu verkennen. Bis Ihr stehenbliebt und Euch mir zuwandtet: da last Ihr in meiner Verkennung. Doch Ihr last in meiner Verkennung wie in einer klaren Spiegelumschrift die ganze ausführlich niedergeschriebene *richtige Kenntnis* meiner Kunst. Ihr last sie mir vor, ohne das geringste davon zu verstehen.«

»So mag es gewesen sein. Ich sprach zu dir, ohne zu wissen, wovon. Die Klarheit deiner neugierigen Augen wählten meinen eingefallenen Mund zu ihrem Orakel. Gehen wir nun rasch auseinander. Es könnte sein, daß deine Begabung sich derart an eines anderen Widerschein gewöhnt, daß sie ohne ihn nicht mehr selber leuchtet. Dieser andere wird dein Unglück sein, mein Junge, dein ewiges Verlangen. Denn es gibt ihn nicht, ein solcher steht nicht zur Verfügung. Nur einmal, für flüchtige Minuten war da die alte willenlose Frau, die erfüllte dein Verlangen. Doch still, keine bitteren Prophezeiungen! Nur weil's mich bitter ankommt, daß du Schöner vor mir stehst und ich so häßlich bin. Wenn du im Theater später dich verkleidest, deine Greisin spielst, dann denk dich selbst, du Schöner, mit hinzu, und wie du vor mir standst. Dann siehst du bis zum Grund, was sie fühlen kann. Was nicht. Nicht mehr.«

Da wandte sich die Alte ab. Und der junge Mann folgte ihr nicht weiter, sondern rief hinter ihr her: »Nur daß ich nichts Tatsächliches übernehmen darf, es bleibt dabei?!«

»Tatsächliches?« murmelte die Alte und ging voran, »ist das mein Einkaufsbeutel hier? Ist er's tatsächlich? Wohin war ich unterwegs? Wollte ich etwa zum Markt? Wozu? Ich kam von dort, ich brauch vom Markt nichts mehr. Vom Markt? Was haben wir vom Markt gesprochen? Ach, der Junge hat mich abgelenkt! Was wollte ich, was mußte ich besorgen? O, welche Verwirrung! Nicht mal die Straße kenn ich wieder. Ich hab zu sehr auf seine Schritte, die mir folgten, aufgepaßt, sie trieben mich voran, ich weiß nicht, wohin. Schon ist er fortgelaufen ... Oder war es doch am Mittwoch vor zwei Wochen um die gleiche Zeit, daß ich zuletzt auf unserem Markt gewesen bin? Daran wird er niemals denken, wenn er die Greisin spielt, wie schlimm das ist, vor Raum und Zeit so hilflos dazustehen!«

III

Zurück auf dem Wedelsberg. Aus unserer Senke fahren die Sturmböen auf, der nördliche Herbst kommt über den Hügel.

Die Wiese wird fahl. Viel bizarres Gewölk sah ich im Sommer vorüberziehen. Die Beerenzeit ist um, nur noch die Berberitzen und die frostblauen Schlehen, die korallenrote Vogelbeere. Das Gras dörrt sandfarben aus, alle Teile Ton in Ton. Das Heu von den Wiesen nahm niemand mehr, wer hält sich noch Vieh, sie leben hier meist von der Stütze, leben arm und bequem.

Vor der hohen Schönheit mein niederer Tisch. Zu entdecken die Aromen des Sommers, die geschrumpfte Fülle, die Ruhe der Hitze in den verfärbten, von Rauhreif überzogenen Büschen. Im Garten gibt es kein endgültiges Verschwinden der Jahreszeiten, keine einmalige Vergangenheit. Im Sinken bewahrt noch die Wiese etwas vom Schwelen der langen warmen Blütentage.

Man empfindet hier sogar die Temperaturen unstet zwischen den aktuellen und den halluzinierten, den verborgen gespeicherten — so wie fettbildende Winterhäute die Wärme erhalten, bei der der Vorrat gesammelt wurde. Und es ist die sommerverlassene Wiese, die uns von Bienen und Hummeln *erzählt*.

Wer wäre man unter dem Einfluß nicht mehr geordneter thermischer Reize?

Nur um einen halbdunklen Ton zu erreichen, nur um einer letzten Farbbestimmung willen, die nie gelang,

habe ich mich noch einmal an die Arbeit gemacht ...
Blassen, ein eigenes Licht!

Nur um einiger leerer Stühle willen, um des Mundtuchs willen, das zerknüllt am Tischrand liegenblieb ... Nur um noch ein wenig figürliche Materie in meiner Umgebung gegenstandslos zu machen ...

Wenn ein Maler, spät, versucht, mit der Farbe bis an den Geist der Farbe vorzustoßen, ihr immaterielles Antlitz zu entdecken, geht er einen ähnlichen und doch entgegengesetzten Weg wie der Autor, der versucht mit immateriellen Chiffren, Lettern z u den Dingen zu gelangen, zu einer fest verschlossenen Gegenständlichkeit, die nicht minder unfaßlich und r e a l ist wie das, was aus der Farbe durchscheint.

Denn das Licht des Verblassens ist schon das ganze Licht, das wir empfangen können.

Nun stehen sie wie abgedankte Könige in alten Festgewändern, meine Bäume, die starr zurückschaun auf den Thron – ein Jahr voll Pomp war das, und große Tage liegen hinter euch! Doch erst entmachtet kleidet ihr euch reich und leuchtet um die Wette mit dem schwarzblau fetten Glanz der Schlehenfrüchte und der Purpurlohe aller Pfaffenhütchen. Das tiefe Kälterot schon in den Blättern, glühen Ahorn und Eiche von verrinnendem Blut.

Das Kamelhaar der Herbstwiese. Als ich Diu heute früh meinen Mißmut darstellte, der vielen Mängelrügen wegen, die ich an die Baufirma richten muß, und ohne Ansehen seiner kleinen Person zu ihm sprach, antwortete er wie ein Ausländer: »Ich bin noch ein Kind, ich kann das nicht verstehen.«

Um allmählich sein negotium in otium zu wandeln, muß man irgendwann seine Freude daran finden, wenn ein Ahorn-Flügel am Fenster vorbeipropellert mit einer kleinen Kugel dran. Oder wenn ein Blatt, das birnengelbe einer Eiche, zu Boden fällt, zu seiner Ruh und dabei heftig zu flattern beginnt, als wollte es fliegen, als spürte es fallend sich endlich von allen anderen Blättern befreit und möchte vor Übermut schaukeln, kreisen, gleiten und steigen – alles allein, endlich allein! Dem vergilbten Blatt ist Sinken aus der dichten Kohorte die himmlische Freiheit, und es dehnt sich, es atmet auf bei diesem kurzen Tanz, der seine Lösung und sein Ende ist.

Und doch habe ich alles von anderen empfangen, auch den Sinn für die Farben des Herbstes. *Die anderen* haben mir die Nuance geschenkt. Nur ihrer Begegnung verdanke ich Wachsamkeit und Detailtreue der Wahrnehmung. Die Anwesenheit ist eine Wolke, sie besteht aus dem Feinstaub von Anwesenheit, den wir nicht beobachten können, sondern einatmen, und auf den wir entweder abwehrend oder aneignend reagieren. Oder, was am häufigsten ist, beide Reaktionen im schnellen Wechsel erleben, je nach Beschuß von negativ bzw. positiv geladenen Teilchen.

Wie schmal der Trampelpfad der Herde, die verschwunden ist und ihre Sommergänge in die Wiese furchte, die farblos wurde!

»Was glaubst du: ist alles Schöne immer nur das gewesene Schöne?«

Ich wüßte keine Antwort zu geben. Doch ich würde dem, der mich so fragte, auf dem Fuße folgen und käme so schnell nicht wieder los von ihm.

Es braucht den Weggefährten, den beratenen und unberatenen. Der eines sicher weiß und anderes sich erfragen muß.

Das Ostlicht, die Rose im schamhaften Blau, das den Herbstmorgen verklärt. In den Wipfeln der Bäume hängen Fransen von zartem Rauch. So niedrig die Ferne, so seitlich der Morgen, als wär's ein Hebel, das Licht, und wollte den kakaobraunen Acker ein wenig lüpfen. Wie schön! Wie täglich verwandelt mein Feld, die Senke, gewichtlose Schale, in die ich den Blick tauche, bis er mir verschwimmt. Mit diesem Rauch über den buschigen Zweigen zieht auch von mir etwas davon, denn immer heftiger zieht an dem starren Gesicht, was es sieht. Und die Schönheit gibt nicht nach, sie läßt nicht locker...

Der Apfel verführt nur im Oktober. In Eden war ewig Oktober. Tage, deren Schleier nichts verbergen, sondern die nackte Schönheit selber sind.

Raum der reinen Entprechungen: du rufst, spät, alt, fast ausgeblasen ... mit einem schwachen Ton in eine Welt ohne Zeitgrenzen, und es antworten Töne, die dir seit je geheim entsprachen und nun gemeinsam mit dem eignen neu erklingen.

»Die Erinnerung umkreist, was sie erinnert – wie eine ihr versagte Ekstase.« (Cristina Campo) So ist es wohl: eigentlich ringt sie unentwegt um den vollkommenen Ausdruck in der Überwindung ihrer selbst. Einstweh bis zur Qual, da es nie zur Überschreitung kommen wird. So gleicht tiefe Erinnerung einer Zwangshandlung der ewigen Vergeblichkeit: unmöglich, das löchrige Faß des Gewesenen mit Erinnerung zu füllen. Da nie der Verlust sich selbst erfüllen kann.

Diese Frau hat nur zwei schmale Bändchen veröffentlicht in ihrem Leben – und doch lese ich sie jetzt so ergeben, als würde sie mich mit einer strengen und sanften Hand zurückführen auf meinen Weg. Es wird zu den ersten Bedürfnissen künftiger Leser gehören, vertrauensvoll und ganz aus dem Verborgenen angesprochen zu werden.

Jemand, der aus dem Märchen denkt, aus dem Märchen die Hand hebt, aus dem Märchen die Augen öffnet. Jemand, der überhaupt nichts anderes sieht, von vorneherein nicht, als überwundene Wirklichkeit: die Campo.

Die Ordnung ist das Phantastische oder das Realissimum. Das Chaos ist plumpe Realität.

»Wir leben in einer Zeit des Ausgleichs und wunderbare Entschädigungen werden uns noch zugestanden.« (Die Unverzeihlichen, 182)

Die Kindheit hat sich über der Wunde der Aufklärung, der Freudschen, wieder geschlossen. Dichter und kräftiger ist sie zugewachsen, als sie es vor der gewaltsamen Lichtung gewesen.

Jetzt denkt man daran, die empfindlichsten Gefilde zu Totalreservaten zu erklären, deren Zutritt nur Magiern und Erzählern noch gestattet ist.

Auf einen Hang, einen Baum zu blicken, vielleicht über Jahre, ohne je einen Zugang zu gewinnen, einen Begriff davon, was er einem bedeutet, wie tief er reicht. Von einem Menschen genügt oft ein Bruchteil der Sekunde und man kann einen Roman über ihn erzählen. Alle Umarmungen der früheren Jahre verdrängt die Umarmung des Baums. Dieser Konter-Akt einer Vereinigung ...

Jedes Wissen und Gesetz muß nach Vico einmal ernste Poesie gewesen sein. Und ›zersetzt‹ sich wieder zu solcher, möchte man hinzufügen. Um diese Zersetzung zu beschleunigen, gibt es uns Würmer und Mikroben, die Fortschreiber, deren ›fehlerhafte‹ Überlieferung das unpoetische Wissen ihrer Zeit verdirbt, zu Faulstoff wandelt und wieder zur Krume einer poesia seriosa.

Das Leben ist eine Gemeinschaft zwischen denen, die leben, und denen, die einst lebten.

»Die Sprache ist ein großes Totenreich, unauslotbar tief; darum empfangen wir aus ihr das höchste Leben.« (Hofmannsthal, Wert und Ehre deutscher Sprache)

Die einen sind intelligent und reden eine Welt herbei, die sich bereden läßt. Die anderen sind Künstler, machthungrig, potent, blindlings schaffend, radikal, als gäbe es nicht das Nichts. Daneben werden sich einige wenige zu den Schriftfortsetzern zählen, den emsigen Mönchen, die Geschriebenes mit intelligenten Fehlern kopieren, woraus sich möglicherweise, irgendwann, wie bei den Kopierfehlern in der Evolution, eine neue *Gattung* des Bemerkens entwickelt. So wie das wachsame Lesen bereits die Spezies »Randläufer« hervorbrachte, jenes schillernde Autor-Insekt, das links und rechts der Buchseiten auf dem Weißen krabbelt und dort, was es von den Texten verzehrt und verdaut hat, prompt in schriftlichen Absonderungen hinterläßt. Sein Organismus ist vor allem kommentatorischer Art und er kann sich nur auf diesen schmalen Rändern der Welt erhalten.

Du liest Claudel und bist hingerissen.
Du liest Rumi und bist hingerissen.
Du liest No-Spiele und bist hingerissen.
Drei Kulturen, drei Weisheiten an einem Tag und dreimal beherzigt.
Ein multicordiales Herz ist ein schweres.

Ich bin weder Jude noch Moslem, weder Katholik noch Zen-Buddhist – und doch versuche ich am weißen Rand der Konfessionen ein überlieferter Mensch zu sein. Denn in die Schrift jedes Tages münden viele Schriften.

Das Auflösungs-Zeitalter (Nietzsche) hört nicht auf. Es sei denn, es handelte sich gar nicht um Auflösung, sondern um ungeordnete Bewegungen innerhalb eines größeren Energiefelds, die wir nur um unserer subjektiven Gewißheit willen als »Geschichte« beschreiben. Das Material ihres Geschehens würde, bevor ein Präteritum es verfälscht, die Struktur folgewidriger Ereignisse besitzen, die atomaren Gittersprüngen ähnlicher ist als chronologischen Gliederungen. So kämen wir am Ende gleichsam zu einer Feldtheorie d e s Zeitalters – und befänden uns in einer vollständig anderen »Geschichte« als der, die vom Wechsel und Ablauf d e r Zeitalter berichtet.

Schließlich liegt, um sich in der Welt zurechtzufinden oder an seiner Stätte genug zu haben, jede Menge von Anleitungen bereit. Man muß sie nur ein wenig sortieren und neu begreifen, um die eigenen Lebensstränge an den vielen abgebrochenen, losen Enden wiederanzuknüpfen.

Klüger als Platon ist nie ein späterer Mensch geworden. Auch bei reichster Entfaltung von künstlicher Intelligenz wird das menschliche Denken nie Wissenswerteres erkunden, als seine Dialoge es taten.

Unwahrscheinlicher als Jesus Christus ist nichts.

Einen tieferen Glauben als den christlichen kann auch heute kein Mensch erlangen.

Warum die unsteten Elementarkräfte auf einmal Fundamente nennen? Elemente sind vage, ortlos sogar, nur unscharf zu bestimmen, aber sie sind aller Wesen Baustoff und nichts kann ohne sie existieren.

Warum nicht täglich die Allmacht der Stifter verspüren? Und dennoch seine große Freude an der üppigen Kultur der Abkömmlinge und Variationen hegen, indem man niemals vergißt, sie auf das Original rückzubeziehen. Damit wird täglich ein geschlossener Prozeßkreis des Gedenkens erreicht, der keine Illusion von Fortschritt mehr zuläßt.

Ich verliere plötzlich jede Distanz zu Baudelaire. Ich sehe keine Notwendigkeit, an der Differenz von Zeitpunkt und Individualität festzuhalten und so zu tun, als habe er nicht eine poetische Weise für immer und alle eröffnet, in die jeder einzelne zu seiner Zeit einstimmen kann, wenn er es vermag.

So erscheint mir unter gegebenen Umständen bisweilen eine orientalische Literaturpassion erstrebenswert, bei der die Meisterschaft sich darin zeigt, wie nahe jemand seinem Vorbild kommt, und nicht so sehr darin, wie eigentümlich er sich unterscheidet. Es ginge dann nicht darum, einen Stil w i e jener zu schreiben, sondern zu schreiben a u s einem überragenden Geist, einer mächtigen Poesie, welche alle zeitlichen und individuellen Ansprüche der Scheinbarkeit preisgibt.

Das verstummte Italien, in dem niemand mehr singt.
  Der große Wilhelm Raabe, den niemand mehr liest.
  Die schmutzige Wolga, in der niemand mehr schwimmt.
  Die reichen Dialekte, die niemand mehr spricht.
  Untrügliche Zeichen des Niedergangs? Oder Gemütstrug?

Daß sich alles vom Schlechten zum Schlimmeren entwickle, ist die Torheit der Weisen, seit es Geschichte gibt. Offenbar handelt es sich um ein kulturanthropologisches Ressentiment, das auch die kritischsten und rationalsten Geister befällt, sobald sie vom Leben mehr Vergehen spüren als Werden. Es läßt sich kaum beeindrucken von der simplen Tatsache, daß schon viele Generationen vorher unter den unterschiedlichsten Voraussetzungen ein gleiches Verfalls-Credo verkündeten und die Geschichte mithin eine unendliche Annäherung an das Schlimmste beschreiben müßte.

Vom Altertum bis heute hat niemand die Unschärferelation genau zu bestimmen vermocht, die zwischen dem subjektiven Kollektivgefühl ›Niedergang‹ und dem wirklichen Niedergang einer Kultur, einer Population besteht, der endstrebig und unaufhaltsam ist. Wenn ein kleiner Bergstamm auf dem indonesischen Archipel nicht mehr das tun kann, was er tun müßte, um zu überleben, durch Trunksucht, allgemeine Verwahrlosung, Krankheit, Zeugungsunfähigkeit schließlich ausstirbt, so hat wohl ein tatsächlicher Niedergang stattgefunden.

Wenn man hingegen in hochzivilisierten Ländern gegenwärtig einen zunehmenden Analphabetismus beklagt, so könnte das auch mit Verlagerungen der Begabung zu tun haben, da in einer Welt sich ausbreitender Piktogramme in Zukunft die Verständigung nicht unabdingbar an die Schriftsprache geknüpft ist. Was wäre verloren, wenn der Mensch wieder in Bildern, in Traumsequenzen dächte, in neuen Hieroglyphen, gleichsam als kehrte ihm mit der digitalen Erscheinungswelt auch eine magische wieder?

Ich kann nicht gleichzeitig meine Lebenszeit innerhalb einer bestimmten Kultur verbringen und deren objektiven Niedergang bestimmen. Mit anderen Worten: Nur was man liebt, geht unter. Alles übrige weiß sich um so kräftiger zu entfalten.

Wenn die Bäume in dunklen Farbreihen sich zum Waldheer formieren, ein wunderbares Heer, das aufgereiht zur Abwehr stillesteht, in hockenden, aufgerichteten und hochgesattelten Linien – es gibt nichts zu kämpfen, es steht geschlossen gegen den gewaltigen Norden, den Winter, dem es ohnedies erliegen wird.

Ausgezehrt und entfärbt bis auf den Grundton bleichen Strohs stehen die hohen Binsen im November vor dem Bruch. Ihre Stille spart den Sprung der Rehe aus. Wie sie jederzeit aus dem Uferröhricht stürzen können und jederzeit zum höchsten Entsetzen gelangen, teilen sie mit mir den Frieden, der immer nur die Stille vor dem Jähen ist.

Allein mit der Mutter im Haus und das Haus im dicken Nebel.

Beinah alles, was wir sonst in vertrauten Distanzen erblicken, hüllt er ins Unbekannte, entzieht es nicht, sondern rückt es, verschwunden, uns näher.

Immer neue Schwaden, neue Massen leichten Dampfs, ungeheure Wattebäusche. Darin wehen Ränder auf, ein trüber Ballen Helligkeit dreht sich vor der Sonne. Die Stare hecken in den leeren Bäumen.

Sie ist nun eine alte Frau. »Es tut mir leid«, sagt sie, »wenn das Ei zu weich gekocht ist.« »Es tut mir leid«, sagt sie, »wenn der Tisch nicht ganz sauber abgewischt ist.« Die Mutter geht ihre kleinen, immer schwerer werdenden Schritte. Morgens um halb neun höre ich, ausgeworfen aus dem Teufelsrachen der schlaflosen Nacht, daß sie die Haustür öffnet, der Türschließer knarrt wie in einer düsteren Schankstube, obgleich er doch ganz neu ist, und sie geht in die Küche, um das Frühstück zu bereiten. Im Kaminzimmer wird die Balkontür geöffnet. Es wird gelüftet, der Rauch vom vergangenen Abend zieht ab, als man noch vorm offnen Feuer den tiefen langen Schlaf erwartete. Nach dem Frühstück wird die Küche aufgeräumt, und anschließend geht sie auf dem Hofplatz von Wedelsberg ihre Vormittagsrunde. Später ißt sie ihren Joghurt (statt der Mittagsmahlzeit, die sie zu Hause gewöhnt ist), bügelt oder stopft Wäsche, um halb eins geht sie auf ihr Zimmer ins kleine Haus und ruht sich aus. Der Mittagsschlaf endet um halb vier.

Ich spüre, wie ihre Schritte, die immer die gleiche Spur ziehen, sich täglich tiefer eingraben in mein Gehör. Ich spüre, wie die immer gleichen Verläufe des Alltags kämpfen gegen das Sinkende, Sich-Neigende ihrer Tage. Der Alltag, die geringste Pforte der Ewigen Wiederkehr. Die kleinste Provinz des Immerdar. Diese Läufe sind Meditationen und sie zeichnen eine zum Himmel gerichtete Figur auf den

Grund. Sehr langsam geht sie die Hieroglyphe des Alltags, die vom All und dem Ganzen ihrer Tage erzählt.

Ich sehe auf einem Foto die arglose Anmut einer jungen Frau, die auftaucht aus einer bescheidenen Zollbeamten-Welt, einen Mann bezaubert und ein Kind gebiert, und blicke vom Foto auf in ihr Gesicht, in das eingefallene Gesicht einer Greisin, die ihre Arzneidragées zusammensucht. Ich prüfe nochmals: der frische Augenglitzer auf dem Foto, der offenbar dazu beitrug, daß ich geboren wurde, und das trübe Auge jetzt, das mühsam die ärmlichsten Verrichtungen überwacht. Ich verstehe es nicht. Es schaudert mich vor der Nacktheit der Verformung. Wenn das das Gewöhnliche ist, dann heißt es so, weil niemandem die Zeit bleibt, sich daran zu gewöhnen.

Hier auf dem Hügel sind die seligsten Augenblicke des Bleibens und die schmerzlichsten des Vergehens so hart aneinandergeschnitten, daß sie ohne vermittelnde Geschichte nur schwer begreiflich sind, jedenfalls mir, der weder Sinn noch Talent für ein sicheres Präteritum besitzt.

Die Wiese wurde vom Nachtregen wieder fruchtbar grün, so daß sie am Morgen schon runde Steine geboren hatte.
    Die unergründliche Weile und ihre pedantischen Protokolle.
    Die Tage mit den Fliegen kommen wieder.

Es ist nur der Schattenzug der Wolken, doch scheint mir: Vorm Waldrand führt man eine stumme Komödie auf. Zu Elfen zerfallen, spielt dort mein rasches Leben ... Szenerie wechselt zu neuer Szenerie, geräuschlos, alles wird abgelöst, bleibt folgenlos, eins gebiert das andere, ohne ernste Hoffnung auf Bestand. Der Stoff besteht nur aus Fermenten der weiteren Wandlung, der Umkleidungen. Das Ende irgendwann, unerwartet, plötzlich mitten in der Garderobe.

Ich weiß nicht, ob ich Hartmut Langes Erzählung »Schnitzlers Würgeengel« richtig las oder aber, was jetzt häufiger vorkommt, ob ich mich so in sie verlas, wie ihre wunderliche Atmosphäre es auch erheischt. Jedenfalls verfolgt sie mich seither mit stiller Eindringlichkeit. Dies ihr Thema: ein Ich-Erzähler zu Gast bei Arthur Schnitzler, der zurückgekehrt ist aus Venedig, wo seine Tochter sich ins Herz schoß. (Sie liegt tatsächlich auf dem Jüdischen Friedhof am Lido begraben.) Dieser Gast, der nicht beschrieben wird, keine Angaben über sich selbst macht, außer einmal der, daß er ein T-Shirt trägt, vermutlich eine Person männlichen Geschlechts, dieser harmlose Verehrer ist in Wahrheit selbst der Eindringling, der Würgeengel. Aber nicht, indem er sein todbringendes Wesen verbirgt, sondern indem er es nicht kennt. Das dunkle Anwehen spricht mithin in größter Bescheidenheit und Ehrfurcht vor dem Dichter. Und zwar ohne Verstellung, denn es ist ihm selbst nicht das geringste von seiner unheimlichen Sendung bewußt. Als ob der Tod nicht wüßte, daß er der Tod ist. Sein Subjekt ist nur ein unschuldiges Medium und sein verehrendes Interesse, seine dezente Berührung des Meisters, sie bringen das Dunkel. Sein Gewissen ist dabei so ohne Arg, daß er selber mit der größten Betroffenheit davon berichtet, wie Schnitzler die Anwesenheit des Unheimlichen (nämlich die s e i n e , die des furchtbaren Erzählers!) im Haus dauernd spürt und sich vor einem Würgeengel fürchtet. Ja, sogar er selbst, der Fremde, glaubt schattenhafte Figuren im Flur wahrzunehmen und findet unzweifelhafte Indizien für die Anwesenheit des Unheimlichen. Doch dieser ist er selbst. Zeitlos schweifend, blättert er am Ende in einer Buchhandlung in einem Bildband über Schnitzler und verdeckt mit der Hand rasch das Todesdatum des Dichters.

Ich möchte nicht weiter grübeln und Anstand vor dem Geheimnis bewahren, das die jüdische Mystik in der reinen Unwissenheit des Todes von sich selbst verbirgt.

Der Erzählung mangelt es an der schöneren Kennzeichnung, dem sinnlichen Detail, etwas den Personen Eigentümliches wird nicht geschildert. Allzu leicht könnte ein beredsamer Stil sich verräterisch auswirken, die Geschichte lebt von ihrer inszenierten Verschwiegenheit. Nur vermittels der entzogenen Farbe erreicht sie ihre verfängliche Wirkung – und wenn diese nur jenes irrende Lesen, jenes Verlesen auslöste, das ich gern auf mich nehme, insofern es das Unheimliche in Schnitzlers Haus noch einmal bezeugt.

Von hier, dem Haus auf dem Hügel, trägt das Zwielicht zu Kythera und Toteninsel. Utopie der Rast und der milden Verwechslungen.

Es kommt der langsame Mann, bleich und ein wenig töricht, in alten Hosen, eine Pelzmütze auf dem Kopf. Er fällt auf den Feldwegen um. Ich bin krank, sagt er zu Diu, die Ärzte wissen nicht, was es ist.

Seine alte Mutter hat ihn zu sich genommen aufs Dorf. Denn in Ulm, wo er wohnt, fällt er auch immer hin, und keiner kümmert sich um ihn. »Der Sprit«, sagt er, als wir die Schneefräse für den Winter rüsten, »der Sprit taugt heute nichts mehr. Früher hatten wir guten Sprit.« Was er begreifen will, weicht aus. Zu erschrocken, zu starr sein Verstand. Unter den Stürmen des Herbstes gedenkt er der besseren Mitteilungen, die er beim Herumstehen früher machte, als ihm nicht schon bei der Wahl der Worte alles schiefging. Noch spürt er gelegentlich, daß das richtige Wort nur knapp verfehlt wurde und er etwas schaurig Nichtswürdiges herausbrachte. Wie etwa den Unsinn vom Sprit, der früher besser war...

Ratzeburg (wüst), wie es in den Chroniken heißt über lang versunkene Dörfer in der Uckermark. Kleines Wüstes, gern gesehen. Nur noch ein Buckel Erde.

Gewiß ist meine Ungeselligkeit an die übertriebene Sehnsucht gebunden, die ich für das Zwiegespräch hege, eine Sehnsucht im übrigen, die es weder stillt noch unbefriedigt läßt, sondern in seinem Verlauf ständig verbraucht und erneuert.

Einen Menschen, den anderen, begreift man in der Sekunde oder nie.

Jenseits des anderen tappe ich in kosmischem Dunkel. Für ihn bin ich Ich geworden. Für ihn gewinne ich blitzschnell Helligkeit, baue meine scheinbar festen Überzeugungen auf, die ich bei mir allein nie gehegt hätte, nur um ihm zu begegnen, vielleicht ihn zu reizen oder zu amüsieren. Auf jeden Fall möchte ich mit ihm spielen, wie junge Hunde es tun. Was er mir von der Welt berichtet, nehme ich ernst, obgleich sie mich *außer ihm* nicht sonderlich interessiert. Doch besitze ich genügend provisorische Anschauungen dieser Welt, die sich so oder andersherum schnell aufbereiten und ins Treffen führen lassen. Ich tue dem Gegenüber, damit es mir bleibt, alles zuliebe. Nur eines darf es nie erfahren, daß es alles, was es hört, sieht und erfährt von mir, ohne seine Anwesenheit nicht gäbe.

Wie geduldig ich bin! Als wär Erdulden wie 'ne Sonde, mit der man tiefer in den Weltkreis lauscht.

Nur Sicht, diese Taube, ist bei mir geblieben. Der blaue Tag fließt in eine weiße Schale.

Immer noch einmal, Augustin, tota merces nostra visio. Unser Lohn ist Schauen. Vorher Anaxagoras auf die Frage: wozu bist du auf der Welt? Eis theorian. Zum Schauen. Von dort Goethe etc.

Ungereizt vom Anblick des menschlichen Gesichts träume ich nicht. Denn dieses allein ist das Siegel aller Vorboten. Und das gleiche Siegel benutzen der Himmel und der grausame Abgrund.

Wer aus dem Nichtverstehen des Ganz Anderen zurückkehrt, wird auch den anderen, den Menschen seiner Umgebung, mit größerem Nichtverstehen ehren. Er wird sich seiner allzu schlüssigen Menschenkenntnis schämen.

Ja, die Person sinkt. Tief und langsam wie ihr Atem. Sie sinkt, und ein Wort, das man zu ihr spricht, kann sie anhalten, sie wieder ein wenig emportauchen lassen, indem sie erwidert. Ein gutes Wort kann sie nicht zurückholen, kann ihr jedoch, die vom Wasser des Tods vollgesogen ist wie ein Stück morsches Treibholz, einen leichten Auftrieb verschaffen. Als sie vom »Gebilde« erfuhr, hatte sie ihm nichts mehr entgegenzusetzen. Das Wissen, daß der Kopf vor sich hin wuchert, daß es nur noch schlimmer kommen kann, dies Wissen will sich nicht mehr. Ich fuhr nach Ems, um Cläre ein letztes Mal zu sehen. Sie, die mich über die Grenze brachte 1950 von Naumburg nach West-Berlin. Jetzt bin ich zurückgekehrt in diese fremde Heimat, die sich über den ganzen Osten erstreckt, und sie muß nun allein über die strengste Grenze, die unaufhebbare.

Ich stand an ihrem Bett, sie lag auf ihrer rechten Seite, ich streichelte ihre Hand, ihr Daumen streichelte in unregelmäßigen Abständen wieder. Ich war nicht sicher, ob es nur Reizerwiderung oder doch ein Zeichen des Herzens war, das sich so schleppend hob wie bei jeder verendenden Kreatur, nicht anders als bei einer vergifteten Maus. Das Letzte, was unter der beinahe vollständig erloschenen Wahrnehmung sich regte, war die Antwort auf Zärtlichkeit, für die ein Sterbender noch empfänglich ist, wenn kein Wort, nicht mal ein Sonnenstrahl mehr zu ihm dringt.

Später richteten die Pfleger sie auf, wuschen sie und machten sie für das Abendbrot bereit. Sie legten sie wieder auf den Rücken, der schon sehr wund war. Da erkannte sie mich ein zweites Mal, nein, sie sah mich *erneut zum ersten Mal* an diesem Tag. Das linke Auge, aufgequollen, schielte zur Nase. Der Mund ohne Gebiß war breit und schmal. Wenn sie einmal versuchte, ein Wort von sich zu geben, bebten die Lippen. Ihr Gesicht war vollkommen ausdruckslos. Mit dem linken Auge versuchte sie zu sehen. Daß draußen die Zweige der Sträucher leise im Wind schwankten, schien sie zu beunruhigen. »Der Wind!« sagte sie mehrmals. Und: »Es stürmt... Wie es stürmt!« Sie sah das Säuseln des Winds als ein mächtiges Brausen. Vielleicht sah sie aber nur das symbolische Geschehen. Die fürsorgliche Ansprache meiner Mutter, ihre geschwisterliche Zuwendung haben mich gerührt. Die alte Mutter war auf einmal die so viel Jüngere, die reden konnte, sich sorgen, ein Gesicht zeigen. Das der Tante erschien hart – die Stimme klang barsch, einsilbig. »Freust du dich denn, daß der Junge gekommen ist?« fragte die Mutter. »Und wie«, antwortete sie, ohne eine Regung auf ihr Gesicht zu lassen. Aber es war wohl nicht der Tumor, der eine faziale Lähmung oder dergleichen bewirkt hätte. Es war schon das angehaltene, das End-Gesicht, das keine Bewegung der Seele mehr wiedergab. Es war keine Unterhaltung mehr möglich. Den Lippen entschlüpfte hie und da ohne Anlaß eine Silbe der Artigkeit... »Ja. Danke.« Und zuletzt die Frage aller Tage: »Was gibt es denn zu essen?«

Sie war nicht mehr bei Bewußtsein. Aber was mochte sich alles noch rühren unter der starren Haut, mit der der Tod ihr Gesicht schon überzogen hatte? Ich dachte, welch höllische Einsamkeit muß sie zuletzt vor der Grenze ertragen: keinen menschlichen Ausdruck mehr zu besitzen, doch alles noch zu hören, zu empfinden – und womöglich zu einer großen Antwort bereit, die sie nicht mehr nach außen bringen kann...

Als ich Tage später auf den Bahnhöfen die schnell bewegten Fleischklumpen sah, da dachte ich wieder an die knochige Schulter der Sterbenden, die unter dem Nachthemd hervorstach. Das ist *eine* Materie, das ist ein Fleisch, die satten Wülste, die über den Gürtel hängen und dieser spitze Schulterknochen. Der muntere Mensch »bei Bewußtsein« schien mir indessen weit ärger entstellt als der von Tod und Tumor gezeichnete.

Bei den sogenannten letzten Dingen leistet jede alte Floskel des Trostes bessere Dienste als eine neue. Doch Kritik an den Zuständen der medizinischen Versorgung fällt heute den meisten leichter als ein Gebet.

Tod und Trauer brauchen den Schutz der Formen

wie Kampf und Fest. Die Ich-Unmittelbarkeit unserer Empfindungen ist deren sicherer Ruin. Verunglückte Riten indessen wie das öffentliche Besprechen – unser Schwerpunktthema: Tod – können hier die magischen am wenigsten ersetzen.

Von den Moribunden etwa, die ihr Sterben in den Illustrierten porträtieren lassen, ist in Worten nie etwas zu hören, was der Einfalt von Furcht und Leid entspräche, die sie auf dem Gesicht tragen. Ihre Worte finden nur selten aus dem Befindlichkeitskitsch heraus, der aus der Berührung von letzten und öffentlichen Dingen entsteht. Nicht einmal so nahe dem Unsäglichen will sie der seelische Dilettantismus des Zeitalters freigeben!

Bei meiner Rückkehr muß ich sehen: die kleine Robinie, die Kugelakazie auf unserem Hofplatz ist unter der Last eines unerwarteten Schneefalls und bei mächtigen Sturmböen am oberen Stamm zersplissen. Sie ist nicht mehr zu retten.

Der anmutigste Baum auf diesem Neuland. Es war die Last, nicht der Blitz. Das Laub hängt noch spät im Jahr an den Bäumen. Es heißt, dann wird ein harter Winter kommen.

Ich lese in der Nacht Ceronettis tiefsinnige Bemerkung, daß die Diktatoren, die schrecklichen Nihilisten, nur die positive Kunst wollen, daß sie Pessimisten nicht ertragen: »Jeder, der die Wahrheit des Schmerzes kennt, behindert ihre Pläne zur Steigerung des Unglücks auf der Welt.« (Teegedanken, 37)

Windstill und trüb liegt das Land und der Wald. Lautlos begeht der Nebel den Sichtraub, undurchdringlicher Brodem, weiß und schweflig sein Geruch. Nun schließt er die Bäume, und es reißt der Gesang. Zu hören nur noch das dumpfe Bollern vom Nebenhaus, wenn die Heizung anspringt und der Abzug faucht ...

Um Mittag, wenn in der weißen Wehe die Sonne auftaucht und ihre Strahlen verliert, bleibt nur eine weißglühende Scheibe zurück, sie saugt den Rauch von den Wiesen, rafft die Schwaden und wird zum Schluß von ihnen verdunkelt, verschwindet hinter schmutzgrauem Dampf. Ein tollwütiger Fuchs schnürt durch den Garten. Kläfft hell, kurz, heiser, angezogen vom Laternenlicht auf dem Weg zum Kompost. Rauchgeister die Sträucher und Bäume. Kalter Wrasen. Wann wird er in die Zimmer dringen? Wann wird er Nah- und Nächstnebel werden?

Was von heute wird für mein Kind zur Frühe werden, wenn es sich dereinst entsinnt? Noch liest Diu das gleiche wie ich in meinem sechsten, siebten Jahr: Prinz Eisenherz, Parzival, Erich Kästner. Aber es kommt nicht auf die Bücher selber an, sondern auf die mnemogenen Reize, die er von seinen ersten Lektüren empfängt. Die persönliche Erinnerung an eine Autokarosserie, einen Schlager, einen moralischen Ton der Großmutter schuf noch vor kurzem das Trennende der Generationen. Wenn heute in ermüdenden Reproduktionen die eigne Frühe aus den Konserven immer wiederkehrt und niemals weichen will, wenn also die Gegenwart anschwillt wie ein gestautes Gewässer, wenn sie überzeitengroß zu werden droht, dann ... dann ist eben nie Frühe gewesen.

In seiner Unruhe scheint mir das Kind wie gepeinigt von Sprach-Dämonen ... Sprache zuviel ist ein Fluch. So sollst du leiden: von Sprache überschwemmt, unentwegt von erhöhtem Ausdrucksverlangen ergriffen und gerüttelt, nicht fähig, etwas sicher festzustellen, nicht fähig, ruhig zu singen ... sondern rastlos sollst du sprachbauen, sprachschaffen und ein Gebilde errichten, das zu *deinem* Babel wird, du sollst beflügelt sein, dich aus der Welt hinauszusprechen, und deine Worte werden sich vom Odem des Menschen lösen, und in sphärischen Sprachwirbeln verlieren ...

Der blendende Reichtum der Sprache führt auch beim Dichter oft zu einem hebephrenen Spieltrieb, dessen Zwangscharakter nicht jeden Leser beglückt. Ein wahrhaft Sprachgewaltiger ist der Wortreiche, der Zungenfertige selten. Große Sprache ist eher hohlwangig. Sie kann mit wenigem und durch ein unerklärliches Gefüge Wirkungen erzielen, die dem Verschwender nie gelingen, und wenn er noch so üppigen Zierrat ausbreitet.

Mein Abscheu vor »Literatur« beginnt zuweilen bei einem halben Grad Abweichung vom Ton des Ecclesiasten.

Märchen und Gedanken müssen schmucklos und suggestiv sein. Wer in die Tiefe wirken will, darf die Worte nicht lieben. Wer mit Worten verführen will, darf nicht selbst in sie verliebt sein.

»Ich bin, um ehrlich zu sein, wie alle, die Bücher schreiben«, sagt Jean Paulhan in ›Les Incertitudes du langage‹, »ich glaube, daß meine Bücher interessant sind. Ich glaube sogar, daß sie wichtig sind. Sonst würde ich sie nicht schreiben.«

Dies kann ich für mich nur dahingehend abwandeln: auch wenn ich davon überzeugt bin, daß meine Bücher nicht interessant, nicht wichtig sein k ö n ‐ n e n, schreibe ich sie trotzdem, und zwar in der Hoffnung, daß ich das nicht beurteilen kann.

»Der umhegte Fürstensohn sah zum erstenmal einen Bettler, einen Kranken und einen Toten – und wurde der Buddha. Ein neuerer Schriftsteller sieht die Leichenhaufen und die grauenvolle Vernichtung von Tausenden in den russischen Nachkriegswirren – er kommt darauf, daß die Welt nicht in Ordnung ist, und schreibt eine Serie mäßiger Romane. Der eine sieht im Leiden das Wesen des kreatürlichen und sucht nach der Erlösung im Weltgrund; der andere sieht es als Übelstand, dem tätig abgeholfen werden kann und soll. Manche Seele spricht stärker auf die Unzulänglichkeit der Welt an, manche auf die Seinsherrlichkeit der Schöpfung. Der eine erlebt ein Jenseits nur dann, wenn es mit Glanz und Lärm, mit Wucht und Schrecken überlegner Macht als herrscherliche Person und Organisation auftritt; für den anderen sind Antlitz und Gebärde jedes Menschen transparent und lassen seine Gotteseinsamkeit durchscheinen.« (Eric Voegelin, Die Politischen Religionen)

Gotteseinsamkeit: Gottesunmittelbarkeit oder Einsamkeit vor Gott?

Schön, zu meinem Lehrer aus den Münchner Studententagen zurückgefunden zu haben, Eric Voegelin, der, aus der Emigration zurückgekehrt, uns mit gediegener Autorität und snobistischen Aparts irritierte: »Schauen Sie über Deutschland hinaus und lesen Sie die NZZ. Besser informiert ist auch das Außenministerium nicht.«

»Das dritte Reich Joachims ist nicht eine neue Institution, die revolutionär an die Stelle der Kirche zu treten hätte, sondern ein Prozeß der Vergeistigung der ecclesia und der Umbildung der Weltkirche zu einem neuen Orden kontemplativen vergeistigten Mönchstums... im Reich der spiritualis intelligentia leben die Menschen kontemplativ.«

Der Schwachsinn vom ›Vierten Reich‹, das Engländer und andere im wiedervereinigten Deutschland heraufziehen sahen... Ein solches kann es schon aus joachitischen Gründen niemals geben.

Die Dreizahl liegt erschöpft. Das Dritte Reich, ein grausames Fiasko. Das Endreich Kommunismus, aufgegeben. Das dritte Rom (nach dem antiken und dem christlichen), auf der Strecke geblieben. Alles Dritte vertan. Wir finden uns wieder – jenseits der geschichtlichen Eschatologien.

Wie lange noch das alte Maschinenöl ausdünsten mag, mit dem die Holzpfosten der Schonung bestrichen sind, letzter DDR-Geruch im Wald? Diu und ich auf den verbotenen Pfaden der Schutzstufe I des Biosphärenreservats, im Randower Forst. Von Waldsee zu Waldsee, Moore und Tannenwälder, das verwunschene Forsthaus am See, Blockhütte mit Gardinen. Wo niemand mehr Holz einschlägt oder den Windbruch sammelt; wo das abgefallene Buchenlaub so klar unter Wasser zu sehen ist wie in der Nordluft; wo die Moore überlaufen und den Weg verschwemmen. Wir sangen unter den Vögeln unsere Wanderlieder. Ich empfand, daß unsere Schritte, die gemeinsamen, aneinandergeschmiegten, alle zurückliegenden, verfehlten, die ich alleine tat, tilgten ... und daß dies Gehen mit meinem Kind die endgültige Ankunft ist, die nicht überschritten werden kann.

Unter den Eschen die Allee mit Kopfsteinpflaster, das krumm und spaltig liegt und nie ausgebessert wird, doch der Hänger mit den zerschlagenen Fenstern, den Resten von Fernsehapparat und Stühlen, alter Waggon für LPG-Arbeiter, wurde kürzlich vom Wiesenrain geschleppt, jetzt steht nur noch der verfallene Bienenwagen dort. Wer züchtet noch Bienen, wer pflückt noch das Obst? Alles gibt es ohne Arbeit und billig im Einkaufscenter vor der Stadt.

Auch das Sackgassenschild wurde auf unseren Antrag hin aufgestellt neben dem Friedhof, damit sich auf dem zerschundenen Weg, Matsch in hohen Rippen, tiefen Furchen, nicht ortsfremde LKW-Fahrer verirren.

Zwei Paare Wildenten schrecken aus dem Röhricht des verborgenen Weihers. Sie steigen flatternd mit gestreckten Hälsen auf und fliegen ihre weite Warteschleife in der grauen, windigen Luft, bis die Störenfriede am Ufer weiterziehen.

Nun sammle ich Uhren der verstorbenen Nächsten, nach denen sie lebten, wartend oder in Eile, bis ein einziger Glockschlag sie dem zierlichen Rundlauf entriß. Man nahm ihnen die Uhr vom mageren Handgelenk, legte sie zu den persönlichen Dingen, und alles wurde zu Kram. Doch mit dem starren Sekundenzeiger läuft noch der Pulsschatten jener, die meine Kindheit bewachten.

Die Schrift zieht den Trauernden an, indem sie jeden Gegenstand auflöst zum e i d o l o n , zum Schattenbild. Sie selber ein Schatten, kann den Widerschein des Toten am sinnlichsten geben. Gebilde ist sie dem Verlorenen und Vermißten.

Ein Aufschrei von Mensch, ein Magerer im Vogelkleid, der plötzlich vor uns halb in der Luft steht, die Arme nach beiden Seiten ausgestreckt, die Hände zurückgebogen, auch die Hände ein Wehruf, das ganze Geschöpf wie von hellstem Entsetzen levitiert, zwei Fuß über der Erde. Ein Mensch, in dessen Gesicht der Rabe der Furcht stürzte. Gesicht und was er sieht, sind eins ...

Kevin, der kleine Gewalt-Zögling durch Video, wollte seine Luftpumpe werfen nach dem geschmeidigen lieben Rotmilan, der zwischen die Wipfel des Wäldchens sank. Doch als ich sagte, es sei ein geschützter Raubvogel, bekam er es beim Wort Raubvogel ebenso videoartig mit der Angst. Gewaltphantast und Hasenfuß. Die Marxsche Idiotie des Landlebens ist heute von einer weltumspannenden verschlungen, und die Kinder der ehemals deutsch-sozialistisch Seßhaften werden mit Vornamen aus amerikanischen Fernsehserien ausgestattet. Brandon, Nancy, Randy heißen sie, rund um den gottverlassenen wunderschönen Anger, wo der letzte Funke Christentum vor langer Zeit erlosch.

Es war doch das leise Rauschen der Eule über mir. Neugierig zog sie im Dämmer ihre Runden über meinem Weg ... dies Schleifgeräusch der Stille ... dann sind es auf einmal zwei, ein Pärchen flattert aus der Scheune. Dort hat die Naturwacht einen Brutkasten angebracht vor Jahr und Tag. Kein Ort hat mich wie dieser überrascht und beglückt.

Wieder steht der Mond über milchweißen Wiesen. Aus den weichen Nebelbuchten strecken die Bäume ihr Nachtgerippe. Bei sinkendem Saft und fallendem Kleid, recken sie sich dürr unter den Sternen. Hier ist mein Posten. Wartender kann man nicht stehen. Aus diesem Nebel werden die Gefangenen meiner Träume eines Tages in Heerscharen gegen mein Haus vorrücken.

»Ein Film aus farblosen Molekülen wird mit Licht beschrieben, wobei ein blaues Muster entsteht«, heißt es in der Beschreibung eines neukonstruierten optoelektrischen Speichers, der auch ich sein könnte.

Mit dem Sog des Verdunstens durch die Blätter und durch den Druck der Wurzeln steigt das Wasser durch tausend Adern des Baums.

Das Neue an einem neuen Tag bringt oft nicht mehr, als daß an einem bevorzugten Wort das Gehabte, Veraltete, Unbrauchbare offenbar wird. Eine winzige Veränderung im Lichtstand genügt, und es verschiebt sich die Gewichtung der Dinge. Du entscheidest, daß, sagen wir, ein Begriff wie ›das Fragmentarische‹ von dir nicht mehr zu verwenden ist. Ein höheres M a n der Sprache fährt dir dazwischen: sprich nicht mehr so, als sei der neue Tag nicht hereingebrochen. Jeden Morgen wird das erwachende Begriffsfeld von solch kritischen Schwellen und haarfeinen Epochenrissen durchzogen.

Stickiger Abendfrieden. Das Echo zwischen Haus und Hofplatz derb und einsam, als ich Diu rief, um mit ihm über das neue Pachtland zu gehen, das der Gärtner abgeteilert und geeggt hatte. Druck, Feuchte und ein verlegenes Temperaturgemisch in der Luft; fettige Windstille, die keinen Hauch aufkommen läßt.

Es ist mit den Jahren das Schwanken immer feiner

geworden. Sich-Nähern und Sich-Entfernen gegenüber einem Gesicht, das Haften und das Weichen des Blicks ohne Lidschlag. Fast alle Bücher erwecken die Sehnsucht nach e i n e r Seite, die aus hunderten verdichtet hervorträte und, schwankend — wie ich! — zwischen Tiefe und Vordergrund, mir das G e s i c h t des Buchs zeigte, das ich nicht müde würde, über Jahre zu entziffern. Denn daran liegt es nicht: Zeit und Geduld sind im Übermaß vorhanden. Doch an Dichte fehlt es.

Der kühle Morgen verdampft im Mittagslicht. Der Himmel rafft seine Schleier, zeigt die nackte Sonne zwischen den Knien.

Eine beunruhigende Stille wie vor dem großen Sinneswandel, als in die Flaute eine ferne Stimme rief: der große Gott Pan ist tot ... Dieses Martyrium des halben Berührtseins. Wenn in aller Münder das Geschrei versiegt und ein heftiges Zittern ihren Geist erfaßt und das Geschickte, das treffliche Können und Könnensbewußtsein schlagartig bedeutungslos werden und nur ein wirres Stammeln noch zu hören ist: Himmel, ich sehe, daß du kahl bist. Ich sehe, daß der Wald kahl ist. Ich sehe, daß der Teppich unter meinen Füßen kahl ist. Himmel! Ich habe mich so gemacht, wie ich bin. Himmel! Ich bin nichts als mein eigen Machwerk.

Die Götter, sagt Heraklit, halten für den Menschen etwas bereit, wovon sie ihn niemals haben träumen, niemals haben hoffen lassen.

Unter den Schwalben erhöhte Unruhe. Sie schwärmen chaotisch, und ihr Schwarmverhalten steigert ihre Erregung. Am Mittag sitzen sie auf dem durchlöcherten Ziegeldach des verfallenden Schweinestalls.

Die Krähen grollen im Rhythmus der Flügelschläge.

Die Kraniche schweifen über die Senke und suchen den Landeplatz ab nach kranichfeindlichen Elementen, Mensch, Hund, Maschinen. Ich schlug mit der Sense eine Schneise in das Brennesselgestrüpp und bahnte Diu einen Weg zu seiner Höhle, einem alten Erdkeller, der letzten Ruine auf dem Grundstück des abgerissenen Gutshofs.

Nun gehe ich mit meinem Kind sechs Jahre lang. Ich trug es nachts im Kreis, hielt es im Arm und blies ihm zornig ins Gesicht, wenn es zornig brüllte. Ich machte mit ihm die schönsten Wald- und Feldgänge, als es kaum vier Jahre alt war. Ich baute uns ein Haus draußen auf dem Hügel. Dort wässert er nun schon allein die Wildhecke am Sommerabend. In wenigen Tagen muß ich ihn abgeben, die Schule beginnt. Ich muß ihn, den Jungen, der sich da mit dem Gartenschlauch abrackert, ineins empfinden mit dem nüchternen Trick der befruchteten Eizelle, um mir zu sagen, es war doch vom ersten Augenblick an Diu, der am Tag Gezeugte – und bleibt es sein Leben lang. Doch auch der Keim seines Schattens ist aufgegangen aus den Stunden, da ihn noch unsere Willkür bedrohte. Ich sah diesen Schatten groß geworden neben ihm, die scharfe Silhouette desselben Menschen ungeboren, und dies

Double aus Nichts stand hinter ihm und war das Maß seiner Anwesenheit. Seiner Schönheit.
Wir schoben die Räder durch den Wald und schwammen im Jakobsdorfer See. Allein waren wir da und trotz des Gebrumms von der Autobahn ganz ungestört.

Herbsttage. Das Haus im schwelenden Ockerland. Reglos Weide und Wald in der späten warmen Stille. Wenn man vom See aufwärtsschaut, ziehen Spreuwolken vorüber, wo die Mähdrescher fahren. Erster Laubgeruch, Blätter auf bleichem Sand.

Ein Donner geht durch den Boden der Senke, wenn der kleine Traktor der Cowboys die Blechwanne, die Tränke über den Boden zieht. Unwilliges Gemurre der Kühe. Erst beim dritten und letzten Transport folgen sie alle, bildet sich die Prozession aus den verstreut Grasenden. Sie werden auf die Weide am Waldrand umgesetzt.

Ich trenne mich am Morgen nach dem Frühstück von Diu mit den Worten, ich müsse nun an die Arbeit. Bei der Arbeit kreisen meine Gedanken erst recht um ihn. Weil ich mich eben verpflichtet sehe, soviel wie möglich vom Kind und ums Kind herum *festzuhalten*. Ich könnte mit ihm spielen, doch dabei vergeht er mir unter den Händen. Ich betrüge ihn mit seiner Abwesenheit, von der meine Schrift sich nährt. Wenn sie noch einen Bann vermag, dann möge sie mir helfen, einzufangen, zu erhalten die Kindheit des Kinds.

Alles, was mich sonst noch beschäftigt, sind Lappalien angesichts seiner nahen und zehrenden Macht.

Was sich in den Zügen des Kindes ausprägt, verlieren die meinen. Es gibt zwei Arten von Erzeugern: die einen lassen ihr Kind nicht nah an sich heran; die anderen übernimmt es.

Ich beging die Torheit, in früheren Aufzeichnungen zu blättern. Dort begegnete ich dem Amiel-Zitat, das mich wie eine wunderliche Einflüsterung lange verfolgte: »Ich bin, als wäre ich nicht.« Ist es vielleicht die subjektive Spitze des Paulinischen ὡς μή, des großen Als-ob-nicht, das Eric Voegelin in Beziehung zu dem heimlichen Mystiker Max Weber bringt? »Seid in der Welt, aber nicht von hier. Lebt in der Welt, als ob ihr nicht in ihr lebet und zu ihr gehöret.«

Schreibt, als tilgtet ihr nicht, w a s ihr schreibt. Als tilgtet ihr die Dinge nicht, die ihr beim Namen nennt.

Es kann Verbergung nur das Ursprüngliche Gottes sein und vom Menschen niemals wiederholt werden. Gleichwohl ist die Schrift das einzig weltverbergende Mittel, das ihm zur Hand gegeben. Kein Laut, kein Bild, keine Ähnlichkeit. Grenzen- und gegenstandslos. Die Schrift bringt zum Verschwinden, was sich anschauen, hören, betasten läßt. Sie ist der staubige Saum des Unsichtbaren. Und Tilgspur, universale. Schrift frißt Schöpfung.

Mit meinem Nachbarn, dem Kleinbauern und frühverrenteten LPG-Arbeiter, beginnt jedes Gespräch unvermeidlich bei der schlechten Wirtschaftslage. Nun trennt uns nur der Gartenzaun, als hätten wir nicht vierzig Jahre lang in zwei verschiedenen Welten gelebt. Zuweilen ist das alles wie vergessen, zuweilen ist es plötzlich wieder da. Stimmungsschwankungen zwischen ›ihr‹(drüben damals) und ›wir‹(beide heute).

Zum Sommerfest auf dem Wedelsberg saßen alle fünfzig Dorfbewohner auf dem Rasen vor der Scheune. Ich blieb bis morgens um sechs und debattierte mit einem ehemaligen NVA-Offizier über die angebliche Kriegsgefahr 1980/81, die man offenbar zur Zeit des Nato-Doppelbeschlusses in der DDR-Armee und Teilen der Bevölkerung im Verzuge glaubte. Er kontrolliert jetzt die Lagerbestände einer Supermarktkette. Im übrigen dreht es sich (ohne Larmoyanz) immer wieder um das Eine: das unverdiente Scheitern des Sozialismus. Und erste schüchterne Ansätze zu einer Lebensphilosophie ohne ihn.

Ich denke, Diu hat gespürt, was diese letzten Tage seiner ersten Vorschulzeit für u n s bedeuten, und er verbringt sie besonders heiter und uns zugewandt.

Meine schöne Mama! sagt er und trägt ihr das Gepäck aufs Zimmer.

Gestern besuchten wir in Criewen den Zirkus Liani. Diu wurde Zeuge, wie sein Vater vom Messerwerfer in die Manege gerufen wurde. Ausgerechnet ich! Derjenige, der sich in der kleinen Zuschauermenge besonders unwohl wegduckte, als nach dem wagemutigen Gast aus dem Publikum gesucht wurde.

Da ein ähnliches Erlebnis mir einmal als Knabe die Sommerferien am Tegernsee verdorben hatte, als ein Zauberer mich auf die Bühne holte und in einen geldspuckenden Esel verwandelte, merkte ich, daß in diesem Augenblick 45 gelebte Jahre nichts waren und ich mich in genau dieselbe Beklommenheit versetzt fand wie damals. Wie es mir auf Versammlungen seit jeher erging, brauche ich nur der Blickpunkt einer Handvoll Zuschauer zu sein, und mein Geist ist verflogen, ich werde vor der Menge dümmer als selbst der Dümmste der Menge. Und so blieb ich auch dieses Mal eine schlagfertige Antwort schuldig, als mich der Messerwerfer, nachdem er mir die Kapuze übergestülpt und ihre Undurchsichtigkeit geprüft hatte, nach meinem Namen und Beruf fragte. Ich gab einfältig wie ein Criewener Lamm meine wahren Personalien an, anstatt schnell ein komisches Pseudonym zu erfinden. Der Messerwerfer: ›Der Herr ist n o c h Schriftsteller...‹ Ich bezog es sofort falsch, nämlich auf die soziale Stellung, die in Zukunft für den Schriftsteller, aber für mich im besonderen, schwer zu halten sein würde. Er meinte natürlich das Noch, kurz bevor mich ein tödlicher Messerwurf träfe. Zuvor hatte er sich gegenüber seiner Gehilfin (absichtlich) einige auffallende, das Publikum enttäuschende Fehlwürfe geleistet mit breitschneidigen Messern, mit Tomahawks und Todesstern... Diese Fehler erfüllten erst mit mir, dem Gast aus dem Publikum, ihren dramaturgischen Zweck. Mit meinem Erscheinen wirkten sie nachträglich spannungsfördernd, wo sie zunächst nur Peinlichkeit hervorgerufen hatten. Jetzt sollte sich jeder an mir die Folge weiterer Fehlwürfe ausmalen... Ob sie gänzlich undurchsichtig sei, die Kapuze, wurde ich noch einmal gefragt. Des Henkers, des Scharfrichters gnädige Haube. Ich war so dumm, daß ich das plumpe ritardando, mit dem die Scheinexekution aufgebaut wurde, eben als ein solches empfand, und dachte in keinem Augenblick daran, das das Ganze nur auf einen schnellen schlaffen Scherz hinauslaufen konnte. Gewiß blieb auch dem gröberen uckermärkischen Gespür nicht verborgen, daß meine Verlegenheit groß war. Ich befand mich in keinem Augenblick meiner Lage überlegen, wie jeder halbwegs durch eine Menge unirritierbare Mensch, sondern registrierte sie als eine Gefangennahme. Die Gewißheit, daß Diu mich sah, seinen Vater, den genarrten Mann in der Arena, nagelte mich aufrecht an die Scheibe in meinem Rücken.

Der Messerwerfer fragte: Haben Sie Angst?

Ich antwortete nicht so sorglos, wie ich es wünschte: Nein. Das Nein vollzog gleichsam eine Sinus-Kurve: nach festem Anlaut durchlief es flüchtig ein Tal der Zaghaftigkeit, um dann zu falschem Trotz aufzusteigen.

Das brauchen Sie auch nicht, sagte der Messerwerfer und zog mir die Kapuze vom Kopf. Das war's schon, und er bat mich wieder Platz zu nehmen unter den Zuschauern. Ich kletterte, weiterhin ungeschickt, über den Manegenrand und die leere Loge. Meine Nummer — jeder spürte es, der Applaus blieb dünn — war wegen mangelnder Gewitztheit des

Schein-Delinquenten nicht besonders wirkungsvoll ausgefallen. Die Artisten hatten sich mit mir einen Abstinker gegriffen, einen Stimmungstöter. Aber so ist es nun einmal. Meine Anwesenheit, die Anwesenheit eines Ungeselligen in Gesellschaft, besaß von jeher eine negative Strahlung, die alles, was eine Gemeinschaft braucht, um sich ungezwungen als eine solche zu erleben, absorbiert oder zumindest in der freien Entfaltung behindert. Wie oft mußte ich mich erst davonstehlen, um den anderen ein wirkliches Zusammensein zu ermöglichen!

Ich setzte mich wieder zu meinem Jungen. Er nahm mich nicht weiter zur Kenntnis, sondern verfolgte neugierig, was in der Arena nach meiner Nummer geboten wurde. Denn nun setzte der Messerwerfer selbst die von mir geprüfte, vollständig undurchsichtige Kapuze auf und begann seine Messer nach seiner Assistentin zu schleudern. Wie mochte ich dort gestanden haben, wo jetzt das Mädchen stand? Ein Esel im roten T-Shirt ... Dieses verdammte rote T-Shirt! Ein Opfer über 18 Jahren war gesucht worden. Ich hatte beiseite geblickt, als der Messerwerfer die Zuschauerreihen musterte, hatte mich krampfhaft dem Kind zugewandt und mit aller Kraft gewünscht, daß mir »Tegernsee!« nicht noch einmal geschehe. »Ah! Alle blicken verlegen zu Boden«, hatte der Artist gerufen. »Der Herr dort im roten T-Shirt. Bitte sehr! Wie wär's? Kommen Sie zu uns in die Manege.« Ich dachte keinen Augenblick daran, mich zu weigern. Vor meinem Sohn! Aber jetzt, da ich zu ihm heil, und doch nicht ganz heil zurückgekehrt war, ließ er mich ziemlich unbeachtet. »Hast du keine Angst um mich gehabt?« fragte ich ein wenig pikiert. Es zeigte sich aber, daß er eifersüchtig war. Liebend gern hätte er selbst an meiner Stelle vor der Wurfscheibe gestanden. Kaum daß er sich bezähmen konnte, in die Arena zu laufen und sich in den Mittelpunkt des Interesses zu stellen, den ich so widerstrebend und unbegabt eingenommen hatte.

Philosophie des *Noch*. Noch der sternklare Himmel, noch das Leuchten der blauen Wegwarte. Noch das Sommerlicht, noch das heitere Kind. Stöße der Erfüllung noch. Noch einmal dem endzeitlichen Bramarbasieren getrotzt. Der Weltscheinbarkeit, den elektronischen Raubzügen, den feindlichen Sinnen noch ein bißchen Existenz entgegengesetzt. So daß das digitale Zählwerk des Herzens noch einmal vom Pochen des Glücks unterbrochen ward... Das Noch der verbliebenen Schönheit genügt, um dich die Frist vergessen zu lassen.

Noch kenne ich keine komplexere Wahrnehmungsform der erfahrbaren Welt, als Ich es bin. Noch. Und dieses N o c h wird auf lange Zeit jetzt zum wichtigsten Wort. Noch sehe ich die Windstille in den Bäumen. Noch werden ringsum die Felder bestellt. Noch gilt das Gesetz. Noch heilt der Arzt. Noch ist alles. Und dieses Noch macht jetzt das Noch-Nicht des Utopisten überflüssig. Es ist an dessen Stelle getreten. Im Noch erfüllt sich alle Hoffnung.

Dius Einschulung ließ mich traurig zurück. Jahrzehnte hat man benötigt, um die Scheidung von dieser Gesellschaft auf einigermaßen feste Füße zu stellen — damit man wacher lebe, als ihre kollektiven Interessen es zulassen, verträumter und beziehungsreicher. Jetzt wird man einem Häufchen von Zeitgenossen beigemischt, mit denen einen nichts, aber auch gar nichts verbindet — als nur dieses Kind, das zur Schule geht. Wie wird man sein weites Gemüt dämpfen und regeln! Und auch der freudige und sorgfältige Mitmensch, der er zur Beschämung seines ungeselligen Vaters ist, der durchaus unverträumte Nicht-Sonderling, wird sich kaum erhalten. Seine außergewöhnliche Begabung für den anderen, wie wird man gerade sie verderben und verkehren!

Noch ein Tag voll Goldspinnlicht, und weißes Altweibermoos schwebt in langen Schnüren durch die Luft. Wespen und Fliegen kleben am weißen Haus. Nie wieder wird etwas heller sein als die Stimme und der arglose Beginn der Vernunft, das glückliche Lernen, mit dem mir das Kind begegnete auf meinem Salzmarsch. Neben seinem ist mein Geist eine scharrende Taubenzehe.

Die prahlende Sonne bleicht die Schrift vom Blatt. Die Luft hält vor Erwartung still. Das Licht hat den Nerv der Zeit getroffen: die Stunde steht.

Am Abend kurz vor dem mordgierigen Sonnenuntergang glühte die Wipfelluft über dem Wald wie roter Sandstein, und zwei mächtige Säulenstümpfe eines Regenbogens, dessen obere Begrenzung im Zwielicht verschwand, standen kilometerweit entfernt im Land. »Unverständlich durchleuchtet«, mit Doderers Worten, lag es vor uns.

Wir ernteten Äpfel vom Baum, der mit der Schlehe zusammenwuchs und dessen Früchte ein besonders süßherbes Aroma haben. Auch jene anderen vom Baum, der mit der Brombeere verschlungen lebt, sind süß und blanke gelbe Herbststeine. Diu kletterte in das höhere Geäst, pflückte, und ich fing unten die Früchte auf. So wird jedes leidige Heute unterbrochen von einer kleinen ewigen Handlung.

Der Mond zog seine Seelenschneise bis zum See, Windstille und Tropfen von Fichten und Lärchen... alles tropft, die Blätter fallen mit den Nebeltropfen. Herbst. Die Wiesenmahd, die der Gärtner liegen ließ, bleibt feucht und fault.

Der Ähnlichkeits- oder Simulationsvirus, der sich unter Menschen und Werken ausbreitet. Oder die mediale Wolke des Als-ob und der Scheinbarkeit, die sich um unsere Anschauung legt und zur vollkommenen Ununterscheidbarkeit von Geschaffenem und bloß Gemachtem führt. Die Invasion der Wachsäugigen.

Das glasige Scharlachrot der Berberitzenbeere, von der, ich seh es kommen, nur ein frostschwarzer Schrumpel hängenbleibt. Die Farbuhr des Herbstes läuft ab. Diu sah den Dämmeraal aus dem Weiher nach der Mücke springen. Der törichte Sohn aus Ulm stand unbewegt im Wald. Unter der gelbsüchtigen Kastanie, schmächtiges Bäumchen, das keine Früchte abgeworfen hatte.

Wie verblaßt meine Bibliothek! Weil ich sie nicht pflege und für ihren Ausbau sorge? Weil ich ihr nicht mehr traue? Kein Zweifel, daß Bücher mir immer grauer und abgestandener erscheinen. Eine eigene Bibliothek mit ins 21. Jahrhundert nehmen? Etwas so Unhandliches, Unförmiges wie der erste Computer, der seinerzeit ein großes Zimmer füllte. Nichts hält das Schwinden der sinnlichen Anziehungskraft auf, das Bücher hinzunehmen haben. Ein lang ersehntes Werk endlich selbst in Händen halten, dies Königsgefühl des Gelehrten, des Neugierigen ganz allgemein, wie könnte es überleben, wenn ich mir zumindest den ›Fund‹ als solchen, wenn auch ohne seinen schönen Körper, über Datennetze jederzeit verschaffen kann? Die Funktionslust, daß das klappt, ist an die Stelle des Begehrens für das Buch getreten.

Heute lebt, was einst auf festen Füßen stand, weiter ohne Boden in den Lüften, in den Luftspiegelungen. Der Große Schwund, der immer durch den Körper aller geht, löst auch den Leib des Buchs von seinem Geist. Der Große Schwund ergreift zuerst die Anziehungskraft, die von der *Gestalt* der Dinge ausgeht.

Ich brauche indessen den sinnlichen Gegenstand Buch in meinen Händen, sobald ich darin Texte lange lesen und entziffern will. Zu solchem gehört auf authentische Weise das Buch. Für rasches Lesen und einmaliges Zurkenntnisnehmen stehen passendere Medien zur Verfügung.

Es gibt Zeiten der Transportarbeiter und Zeiten der Gründer. Es gibt Zeiten der Kopisten – die Zeit der alexandrinischen Grammatiker und die der mittelalterlichen Mönche. Und es gibt jene Zeiten, da ein einfacher Handwerker durch abwegiges und unerbittliches Grübeln die Lösung für ein einzigartiges Problem erhält und mit einem Sonnenstrahl als Zirkel Kreise um ein schönes Mädchen zieht.

Mit Diu im Regen zu den Pflaumenbäumen. Leider hatte jede Frucht eine Made. Später auch den Apfelbaum am Jegnitzsee abgeerntet. Immer mit meinem Liebsten, so lebe ich abgelenkt von den allzu begreiflichen Dingen.

Das Licht, das, so sagt die Heilige Schrift: das Wissen der Stimme hat und die Gestalt von allem. (Claudel, Schriften zur Kunst)

Geistesblitze haben seltener mit einem vom Himmel geschleuderten Licht zu tun als mit einem simplen Kurzschluß in der häuslichen Stromleitung. Hingegen führt das Newtonsche *Nocte DIUque incubando* am Ende tatsächlich zum erlösenden Blitz der Konklusion und zu dauerhafter Helligkeit.

Es gibt für einen Text keine Zeit, in der er verstanden würde. Ein dichter Text wird sich allezeit nur für jene kurzen *lucida intervalla* (Fr. Schlegel) öffnen, aus denen er entstand, und wird sich dann wieder verschließen, eintrüben, so wie er eben im ganzen zum »trüben Strom unseres zerteilten Daseins« gehört.

Es tut gut, den ersten Satz des Tages bei Dávila zu lesen: »Um ein Buch auf angemessene Weise zu lesen, muß man zu seiner Familie gehören.« So, nun ist man eingestimmt. Man muß sich nicht wehren, man darf sich noch einen Augenblick Geborgenheit gönnen. Für die »Familie« hat heute schon einer die Abwehr geleistet...Wie liest man eine Sammlung kleiner weiter Sätze? Klappt man nach jedem ›Treffer‹ das Buch zu und denkt über den Satz nach? Nein, man liest ein paar Seiten, prüft, was einem das Merkwürdigste war, nimmt die Stelle wieder auf. Man arbeitet an der Aneignung. Konsumieren ist unmöglich. Nichts für Leseratten. Nichts für Besserwisser. Etwas anderes als Zustimmung läßt der Stil nicht zu. Seine Ausdruckskraft macht den Leser notwendig zum Ja-Sager. Erst allmählich, durch die Litanei des Ja-Sagens erhebt sich die Zustimmung zur Einsicht. Die bezeugte Gefolgschaft wandelt sich in Souveränität, insofern die Freude über die gewonnene Einsicht als Tonikum dem gesamten Geist zugute kommt.

Der Mensch erfährt sich selbst zusehends in ›beherrschbaren‹ Funktions- und Steuerelementen. Alles Technische läßt ihn unaufhörlich weiter Technisches erkennen.

Man wird noch eine Weile brauchen, bis man zum poetischen Kern unserer Kognition vorstößt.

»Wer mit Maschinen arbeitet, bekommt ein Maschinenherz.« (Chuang-tzu)
Doch wenn mein Herz das Vorbild der Maschine wird, die ich erbaue und betätige, so wird mir der Geist des Herzens begegnen. Er liefert die Blaupause, nach der auch das Gebilde meiner Hand, ohne zu leben, wie ein Organ funktioniert. Bios und Biotechnologie verständigen sich ohne Maschinenbegriff.

Anläßlich Seuses, der sich den Namen Jesu über dem Herzen ins Fleisch ritzte, und die Buchstaben leuchteten von einem Licht, das aus seinem Herzen drang, bemerkt Cioran in seiner »Gedankendämmerung«: er würde sich das Wort ›Unseligkeit‹ über dem Herzen einritzen. »So würde das menschliche Herz zu Satans Leuchtreklame.«
Die Leidensinbrunst des jungen Cioran, die alle Gedanken auflöst zu offenen, doch klar strebenden Ranken eines einzigen lodernden Gebüschs. Wo das Empfinden, das vom Unglück überraschte, noch die Kraft besitzt, es zu keinem Spruch kommen zu lassen; wo die Ornamentik der Gedanken und alles höhere Verneinen zuletzt in einer einzigen dichtungsskeptischen Dichtung untergehen. Das religiöse Fieber begleitet ein submentales Denken, wie es eine surreale Malerei gibt, nahe der Selbstähnlichkeit, der vegetabilen Gebilde des neuronalen Ap-

parats... Ich habe mich immer gefragt, warum es nicht wirklich zu einem Wechsel der Gestimmtheit, der ästhetischen wie der intellektuellen, in meiner Lebenszeit gekommen ist... alles deutete daraufhin... sogar eine geschichtliche Epoche ging zu Ende... und doch ist die eigentliche Revolution, das ganz nahe Andere wieder zurückgewichen. Warum? Das technische Aevum, dem alles unterworfen ist, raffiniert die Oberflächen, spielt im übrigen aber ›auf ewig‹ mit den alten Mustern – dem Gehabten und Gegebenen.

Ich wünschte, dem zukünftigen Menschen entstünde eine bewegliche Doppelnatur, so daß er als der technische Sensibilist wie als der gesteigerte Sinnenmensch zugleich und wechselnd existieren kann. Ohne empfänglich zu sein für die Prachtstraßen der weißen Schlehe, würde er kaum noch die dünne Luft der Schemen und Abstraktionen ertragen. Und ohne diese wiederum nicht so tief das bräutliche Weiß der Büsche bewundern.

Es wird für das Individuum darum gehen, eine Art kulturelles Schisma als Ausgleich und nicht als Zerreißprobe zu erleben. Bestangepaßt lebt, wer gespalten lebt.

Die silberne Schnatterphalanx der Wildgänse zieht nach jeder Richtung über den Himmel, als hätten sie ihr Winterziel vergessen. Sie fliegen jedoch nur zu den unterschiedlichen Sammel-und Startplätzen. Leicht verlöre man sich in der Silberhelle, und doch stehe ich oft wie gelähmt vor der sonnigen, dornigen Stille: »Öffne dich! Sonst falle ich vor dir wie ein Erschossener um!«

Ein Abend in den Weidemulden. Die Kinder der Ausgestoßenen, der Dorfhure, am Hang mit Hund und Sonne, wie fern ...! Der See blinkt in der unteren linken Bildhälfte. Alles sonst, sieben Achtel der Fläche bedeckt der Himmel mit fließenden Neuheiten. Die reine Stille umgibt mich nicht immer. Nachts dröhnt zuweilen bei feuchter Luft und Westwind die Autobahn herüber. Große Lärmschlieren ziehen durch die Luft, manchmal hört man die Reifen der polnischen LKWs singen. Seltsame Verstärkung von Schallwellen durch Senke und Mulden.

Hier, um dem Einfluß des Künftigen zu entkommen, die Witterung den Rehen zu überlassen, die ihrem makellosen Fluchtinstinkt gehorchen.

Von Pflock zu Pflock des Weidezauns flatterte der Buntspecht vor mir her, als ich am Waldsaum ging noch in der Sonne. Vom Tümpel flogen die hellhörigen Kraniche auf. Die beiden Schwäne glitten mit knarrendem Schnabel beiseite. In eine Buche, vom Schwarzwild angeschabt, hatte der Specht ein armdickes Loch gehackt, die Späne lagen am Boden. Aus der Höhle krakeelten die Jungen, der ganze Stamm zwitscherte und tschilpte. Der Stieglitz mit zitronengelben Flügelbinden, mit blutroter Gesichtsmaske fraß kopfnickend kleine Insekten vom Halm, ich kam ihm auf zwei Schritte nah. Doch auf einmal fürchtete ich, mit dem nächsten Schritt in ein abgründiges Begreifen zu stürzen ...

Vielleicht gibt es eines virtuellen Tages eine Scheu vor der gegenständlichen Welt. Die Dinge verfallen dann in ihrer Dinglichkeit. Sie werden uns immer anonymer, zuerst ungreifbar, dann unbegreiflich.

Der zunehmende Mensch, den mein Kind birgt in seinen dünnen, durchscheinenden Adern, verlangt nach mehr Spiel, dann Träume, dann Sprache, dann Morgen, viel mehr Morgen ...
 Was wird aus einem Jungen ohne junge Zeit?

Der weiße Nebel unter dem Mond, der die Landschaft in ein Urauftauchen versetzt! An Bäumen, Sträuchern, Hecken, die wir tags entblößt und mit scharfer Kontur sahen, liegt ein lichter Dampf. Als höbe sich ein neues Land, neue Erde gleich aus der Schaumhülle. Sie bildet Wogen, Locken wie ein Meer, das im Gezweige hängenblieb. Nichts sinkt hier, alles steigt unweigerlich.

IV

Wenn Stille noch dämpfbar wäre, so jetzt, da ein wenig erster Schnee fällt, die Flocken fegt der Westwind gegen das Fenster und am Haus vorbei. Mit Diu einen Gang auf dünnem weißen Staub.

Die schmalen Rinnen der sommerlichen Kuhpfade sind weiß zuerst, die gefrorenen Ränder der Tümpel glitzern von frischen Kristallen. Ein hoher Splitterklang zieht vor der Wolke. Eine Fliege unter den Flocken könnte den Vorhang zerreißen.

Welche Welt denn lieber? Ich weiß es wohl. Eine voll heiterer Abschiedsstimmung.

Endlich von der bewegenden Kraft des »Doktor Schiwago« aus der Zeit gehoben. Ich glaube nicht, daß ich das Buch wirklich gelesen habe. Ich war wochenlang draußen in einem dichten Schneetreiben. Und ich las es am Ende der Epoche, von deren Beginn es erfüllt ist. Und las es doch in einer Zeit, durch die (anders als im Buch) kein Strom zieht, sondern die sich wie eine weite Ebene mit Pfützen und Altwasser ausdehnt, Rückständen des verschwundenen Flusses.

Wieder nichts gesehen als den Goldrausch und den blauen Flieder am Abendhimmel. Wieder? Nie zuvor! Die Feldsölle alle zugefroren, mit Milchrauch überzogen. Diu und ich wandern über die verschneiten Hügel, die weißen Dünen, kein Schritt vor uns im knirschenden Pulver.

Nun preßt die Dunkelheit mein Haus. Sie macht die Füße kalt und unsicher, sie hat den Hügel ganz umnachtet und rückt nun immer näher. Wird sie noch meine Lampe zerdrücken?

In allen Fensterscheiben kann ich nur mich selber sehen. Unsinnig war es, soviel künstliches Licht in diese Finsternis zu gießen. Wieviel Außenleuchten, Scheinwerfer, sogar eine Straßenlaterne habe ich angebracht! Auch wenn ich alle auf einmal einschalte: es funzelt nur auf mich zurück ... Der Dunkelheit nimmt es nichts. Es dringt kaum ein paar Meter in sie vor. Es bricht keinen Zacken aus ihrer Krone.

Die Rauhreifkämme der Schlehen klirren wie dünner Christbaumschmuck. Das Blau der Sonne, die in Eisluft zerging. Die Hagebutten karminrot, weich und mürbe, der Geschmack von saurem Vitamin.

Die Sonne, die durch die Jalousie fällt, wirft ein Zebralicht auf den kleinen Flur mit der Kistenbank. Der Winterjasmin blüht auf der Böschung unter dem Ostfenster. Das helle Haus und die wüsten Nächte darin, in denen ich zittere vor Blumenentzug.

Neugierig steigen die Schneeflocken vorm Fenster. Die Wärme am Haus verwirrt ihren Fall. Um Mitternacht gehe ich über den kleinen Hof ins Nebenhaus und spiele auf dem Klavier. Ich spiele meine Kinderstücke von Schumann und weiter werde ich's nie bringen.

Wenn sich die Tür öffnet, keine Neuigkeit.

Kein Eintreffen unbekannter Nachrichten, die zur Korrektur bisheriger Planungen zwingen. Nur des neuen Schnees lautlose Meldung, die Häher und Wildtauben beunruhigt und antreibt, sich schneller mit Vorrat einzudecken, während für mich nur die wollene Stille zunimmt.

Sperlinge, die letzten hohen Würfe aus den Ärmeln des Eichbaums.

Ein Theater, auf dem alle Wege Abgänge sind und kein Auftritt mehr erfolgt. So kommt es zu dieser diskreten Figur, dem Personenbegleiter, der sich leise und höflich auch dem heftig Handelnden, dem inbrünstig bekennenden Menschen zugesellt, ihn zum Einhalt bringt, zum Schweigen, zur Besinnung, bis er ihm ohne Widerstreben folgt in den Hintergrund, die endgültige Verborgenheit ...

Rosanow, Das dunkle Antlitz:

»Das abendländische Christentum, welches kämpfte, erstarkte, die Menschheit zum ›Fortschritt‹ führte, das menschliche Leben auf Erden ausrichtete, ging an dem, was an Christus die Hauptsache ist, völlig vorüber. Es akzeptierte seine W o r t e , bemerkte aber sein A n t l i t z nicht. Nur dem Osten war es gegeben, das Antlitz Christi aufzunehmen. Und der Osten sah, daß dieses Antlitz von unendlicher Schönheit und von unendlicher Traurigkeit war.«

Endlich sprechen wir von Rosanow und spiegeln uns wider in ihm. Der Alleinige und der Viele. Der scharfe Antisozialist und der warmherzige Sozialist. Schrieb für die linken wie für die rechten Blätter. War hier ein Patriot und dort ein Internationalist.

Vieles eben. Ein Verfasser von flammend antisemitischen, glühend philosemitischen Schriften; ein Sexualforscher und ein Asket. Ein Gottestrunkener und ein stampfender Agnostiker. Ein Dostojewski-Stilist und ein Tolstoi-Stilist. Ein Mann, ein Weib. Ein Techniker, ein Magiker. Ein Schamane, ein Polemiker. So soll es sein. Nicht von allem etwas. Sondern jedes ganz und gar zu seiner Stunde. Das ist die Wahrheit des Einzelnen, in dem die Vielen hausen.

Der Sohn aus Ulm, ehemals VW-Monteur, im Rollstuhl vor dem Friedhof, fast blind und kann das Wasser nicht mehr halten. Seine Mutter pflegt ihn bis zum Tod und kann es kaum bewältigen. Vor einem Vierteljahr ging er noch mit Diu spazieren. Er fiel ein paarmal hin. Das Kind half ihm wieder auf. Nun keine Operation mehr. Das Hirn verwuchert. Der Wucher schon faustgroß.

»Ich hab ihn zur Welt gebracht, ich trag ihn zu Grab. Ich lebe, damit sich der bittere Kreislauf erfüllt. Ich bette ihn zur Erde, ich nehm ihn zu mir. Was barmt ihr um mich?«

Drei Rehe auf der Schneewiese stehen starr und wissen nicht, wohin sie fliehen sollen, überall Schüsse an den Waldsäumen, die Templiner Förster treiben das Schwarzwild. Die Schüsse von fern werden durch die Mulden hohltönend, wie das Klopfen auf einer leeren Zigarrenschachtel. Die Meisen picken in das Netz, das zur Abwehr der Schwalben unter die Dachsparren gespannt wurde. Darin gefrorene Fliegenkadaver vom Sommer.

Dies ist unnahbar und jenes unnahbar.
Kein Halm unter den Gräsern, der noch herbeiwinkt.
Über der Wiese gefror auch die Morgenröte.
Unnahbar das nächste, bald auch mein Haus.
Mit gekreuzten Pfosten verschlossen.

Was ist bei achtzehn Grad Frost noch unter die Erde zu bringen?
Bedeckt mit der Seide des Nordens, mit der Eisschärpe um die Hüfte, unnahbar der dürre Körper des Mannes unter dem sonnenbeglänzten Bahrtuch ...

Grasschuppen im Schnee, der neu gefror. Das schwarze Scheit in der weichen Sonne ist ein Bussard im Stillstand.
Kern des weißen Nebels ist die Golddose.
Wir standen am Rand des Flechtner Sees und Diu zum ersten Mal auf Schlittschuhen. Fand bald sein Gleichgewicht und ruckelte munter über das Eis. Unbändig ist sein Erfahrungsdrang. Als stünde ihm das ganze Leben als Erlebnis bevor.
Es gibt so wenig Positionen der Überlegenheit ihm gegenüber. Die Erklärungen, die ich ihm geben kann, beschränken sich auf Verkehrsschilder. Im wörtlichen und im übertragenen Sinn. Nie bilde ich mir ein, mehr zu wissen als er. Das rührt von seinem Glück, darin ist alles enthalten, was man wissen kann. Er

legt seine Hand in die meine: das leitet Glück, auch wenn es mich nicht mehr zum Strahlen bringt. Und doch ist das wohl der mächtigste Strom, der von einem Menschen zum andern führen kann.

Fünf Männer, die plötzlich auftauchen, die Macht über uns ergreifen und unsere Erzieher sind: der Erinnerer, der Betrachter, der Übersetzer, der Asket, der Bildner.

Derjenige, der das Gewesene in der Anwesenheit erkennt. Derjenige, der die Gestalt aus den zerstreuten Ereignissen liest. Derjenige, der die Nachrichten aus dem Hier und Heute zu übersetzen versteht. Derjenige, der an allem Ermittelten die Aussparung vornimmt, es auf das Wesentliche reduziert. Derjenige, der mit Händen und Sinnen die Merkmale zu formen versteht.

Sie wissen, daß jeder allegorische Entwurf zum Scheitern verurteilt ist. Sie wissen, daß die Diktatur des Guten unmöglich ist. Die Fünf verwerfen alle Ordnungs-Modelle und Überwürfe. »Man muß auch ohne Mantel leben.« Aber die Schöne Schule, die Ideale Republik, der Garten der Weisen? Nein, sie teilen nichts mit. Sie kennen einander nicht – und sind doch Wesensverbündete, ähnlich jenen Unbekannten, in der Menge versteckten Rosenkreuzern, die sich im gleichen Grad des Wissens und der Illumination befinden. Sie bilden am Himmel der Gegenwart weit gestreut e i n Sternbild: das Zeichen der geöffneten fünf Finger.

Mit der Mutter bei Glatteis auf dem Hügel. Während der Schulwoche mein einziges Gegenüber, die kauende Alte. In der lautlosen Wintereinsamkeit. Die Kreidesonne die Windschaumpfeife der lange Bart des Eises. Weißer Nebel, der sich löst. Alle Bäume frostkandiert. Starres Igelgras. Unten am Jegnitz gluckst das Eis und stöhnt. Die Schritte im trocknen Schnee klingen, als trete man Sperrholz klein.

Die Mutter fragt zum ersten Mal: »Ob wir im nächsten Jahr noch beisammensitzen?«

Zu Weihnachten schenkte mir Diu sein erstes selbstgeschriebenes Buch: »Kriemhilds Rettung«. Eine wunderschöne Synopse von Siegfried, Lohengrin und Prinz Eisenherz, selbsterfunden, selbstgeschrieben und selbstillustriert.

Das junge Mädchen auf dem vereisten Bruchwasser zieht ihre Kreise. Eines Menschen traumhaftes Laufen, ein Gleiten statt des Stampfens, des ewigen Staccatos der Schritte. Keine Schritte mehr! Die feine Introversion der Runde. Nach zwanzig Minuten geschmeidiger Bewegung geht die Läuferin die Wiese hinauf zu ihrem Haus. Wie man ein Kartenspiel beendet oder einen Brief in einer schönen Handschrift, irgendein Legato ausführt stufenlos, das aus einem früheren Innenleben des Menschen stammt, als er noch Kreiszeichner war.

Diu, der die Buchstaben zusammenklaubt zum Bündel Wort, das er falsch betont, und erst aus der korrigierten Betonung entnimmt er den Sinn. Das süße Stammeln mit Zungenanstoß, ohne Melodie, das bare Auflesen, die Tropfen sammeln zum Fluß, sein Lernen ist mein Verlernen. Sein Lesen ist mein Schreib-Schürfen auf steinigem Grund.

Deutlich zu bemerken, daß regelmäßig ein paar Takte Erraten/Ergänzen (später wird dies zur Quelle der guten Fehler!) zwischen den mühsam entzifferten Wörtern wiederkehrt.

Jenes tiefere Gespür für Abwesenheit, dessen pathetischster Ausdruck die Schrift ist, hat nun auch von ihm Besitz ergriffen. Nach dem Abschied zur Nacht steht er heimlich noch einmal auf, man muß das Licht im Flur anlassen, und schreibt seine letzten Grüße des Tages, steigt auf Zehenspitzen die Treppe hinauf und schubst seine Liebesbriefe über die Schwelle des Wohnzimmers:

»Liebe alle! Euer Diu dankt euch, daß er noch rausdurfte zu Oliver zum Spielen! Bitte, schlaft gut. Laßt euren D., der euch liebt, nicht lange allein!« ... Lieber Diu, ich sehe nichts als Dich. Ich habe die Welt verloren in deinen großen Augen, die sie so begierig gewinnen wollen. Verzeih deinem Vater, daß sein Verstand so leicht wie ein Distelflaum wurde, der im Herbst über das Land weht und seine Begriffe so unfest, daß dein Aufstieg sie durcheinanderwirbelt ... Da blickt der graue Wanderer aufwärts zu seinem kleinen Gefährten, und sein Blick deutet beinahe so hin wie der ausgestreckte Finger des Täufers auf dem Isenheimer Altar: illum oportet crescere me autem minui. Es möchten ihm die Tränen kommen über die eigene Verderbtheit. Du bist rechtschaffen und gewissenhaft. Ich dagegen bin unstet und launisch. Ich liebe dich sehnsüchtig, wenn du vor mir stehst. Und doch gibt meine Liebe nicht mehr her als die eines vielmals enttäuschten und geschwächten Liebenden. Und die Sehnsucht, daß du unveränderlich so vor mir stündest mit dem nie geschwächten Gesicht eines sechsjährigen Wildfangs, dessen Stimme, dessen lebhafte Miene, dessen Überschwang niemals von Welt und Menschenwelt entkräftet würden, diese Sehnsucht von Angesicht zu Angesicht ist eine Niedertracht. Vor dieser Liebe nimm dich in acht! Sie will dich behexen, durch Behexung aufhalten — dabei bist du längst ein geleitendes Wesen, das seine Eltern durch unbekannte Selbstprüfungen führt ...

Gefrorene Windstriche an jedem Zweig, das Papierklirren der Rauhreifbäume. Wie sfumato gemalt, mit aufgelöster Kontur. Die Korbweide ein chinesischer Papierstreifenbaum. Die Nebel rotieren über dem feuchten Schnee. Der Mast der Überlandleitung steht unversehens und einsam ragend — weil das grabtuchweiße Land keine Tiefe, keinen Hintergrund gewährt. Nachts durchdringt kein Licht und kein Laut den weißen Umschlag meines Hauses. Wie in den Kristallwäldern aus Tausendundeiner Nacht kleben die gefrorenen Nebelschwarten an den Eichenzweigen. Welche Last für meinen lieben Baum!
 Der Nebel greift dich heraus, er stellt dich vor eine

lichtgraue Wand. Dies Licht birgt kein Geheimnis, es ist ein Abschluß.

Diu und ich nahmen den Weg am Seeadlerhorst vorbei. Das Tier erhob sich mit schlappenden Schwingen. Es flog zwischen den kahlen Ästen der Buchen auf bis zum nahen Rand des Nadelwalds. Es beobachtete uns oder es spürte einfach unsere zu geringe Entfernung. Es zog noch eine Runde, ungelenk, fast plump im Anstieg. Sein Horst war ein dicker Reisigkorb in der Buchengabelung.

Auf dem Jakobsdorfer, dem Jegnitz, auf allen Seen liegt eine harsche, verschmutzte Schneerinde und ein poriges, pockennarbiges Eis. Wir waren wieder drei Stunden unterwegs, der Knabe und ich, wir schlidderten auf den Fahrspuren der Forstautos, und Diu erzählte die lange Geschichte, wie Jesus Christus den Teufel von der Erde vertreibt, schließlich in seinem Bett aufwacht und feststellen muß, daß er seinen siegreichen Kampf wieder einmal nur geträumt hatte.

Mein Haus ist nur eine Warte. Kein heimliches Haus, frei und unbehaglich steht es vor dem Wind, trotzig und doch ein wenig verloren mit seinen strengen Kanten, so wie es der Architekt in später Bauhaus-Folge für uns entwarf.

Die Sonne wandert, die Seele wandert, die Jahreszeiten wechseln, das Kind wächst, und mein Hals wird faltig. Infolge dieser Überschneidung von Zeit-Zyklen und Zeit-Linien ergeben sich fast stündlich neue Ortsbestimmungen, und das Wohnen bleibt im ganzen unfaßlich.

Auf den östlichen Rand meines Landes gekritzelt, diese Glossen, unter dem ärmsten Himmelsstrich.

Es gibt nur die Sprache des Wunders, das nicht eintrifft. Sie bezeugt unsere wahre Bedürftigkeit. Die Sprache hat außer dem Berufen keinen Sinn. Sage ich: »Der Mantel ist rot«, so soll er es sein.

Die Aufklärung, sagt Gerhard Nebel anläßlich Hamanns, hat ihre Heimat, den Himmel, zerstört.

Und Hamann: »Sprache, die Mutter der Vernunft und Offenbarung.«

Immer fester der Winter. Wir gingen über den Uhlsee bei Rödelsberg. Kein Tropfen Wasser fließt mehr in der Dorfleitung.

Wenn von der Sprache nur noch das, was den Atem lohnt, übrigbleibt, wird man zu ihr ein neues Vertrauen gewinnen. Ein solches beginnt schon in der Weite des Wenigen bei Antonio Porchia. »Meine Seele hat alle Alter, nur eines nicht: das meines Körpers.«

Heute, da jedem Ton das Fehlen fehlt.

Was man zu sagen hat, dürfte nicht durch die Zeit gestreckt und verdünnt werden. Es genüge ein Tag, eine Stunde, da *alles* geschrieben sei.

Alles, was ich schrieb, geht auf das Weiße unter dem Fingernagel.

Der Schwan, ein schlechter Flieger, zieht übers Haus. Mit jedem Flügelschlag gibt er ein schwaches Ächzen.

Und den es dürstet nach Aussprache wie den Altvater in der Thebais nach einem Gotteszeichen, ereilt ein Besuch. Doch es kam einer, der seine Rede abschlug wie sein Wasser, eine Rede, wahrlich, ohne Ansehen der Person. Mit Wut oder Entsetzen, mit einem Schlag der flachen Hand gegen die eigene Stirn, in einem Anfall von Fassungslosigkeit bin ich geflohen. Mein anfängliches Mißtrauen gegen d e n anderen gründet einzig darin, daß er sich im Handumdrehen als Agent a l l e r anderen entpuppen könnte. Ein V-Mann der Allgemeinheit, trägt er mir ein gesellschaftskonformes Virus zu, das mich in meiner Abgeschiedenheit sofort dahinraffen würde.

Zur Hälfte des Februars ist das Licht wiedergekehrt, der Grad an Helligkeit und Luftblühen, der den Vorschein des Frühlings bringt. Obwohl noch kalt, sind die Knospen an den violettbraunen Lindenästen geschwollen.
Wir begruben den Sohn aus Ulm unchristlich auf dem Wedelsberger Friedhof. Die kleine Urne, Hartplastik-Kapsel, Häufchenhalter, Aschemixer. Nichts, nichts liegt da unter der Buche. Man ging mit dem Totengräber. Der hatte einen bürokratisch feierlichen Schritt. Dieser Schritt war das ganze Ritual. Unter weißen Levkojen der Becher. Ein Loch vorbereitet für die Patrone der Überbleibsel ... ein Leben. Daß man

dem Menschen zuletzt noch die Gestalt raubt, bevor er zu Erde wird, das ist falsche Hygiene. Die Sitte ist angeblich erst mit der Aufklärung in unseren Kulturraum zurückgekehrt. Die Ehrfurcht vor dem Leib, der Gestalt verbietet sie eigentlich dem katholischen Menschen. Was ist gewesen? Einer nur und doch ein uferloser Strom von Partikeln der Freude und des Grams, der Lebensverkennung, der Arbeit, der Not, der Gier, des Bösen und der Güte ... und das ist es doch: in diesem Strom der unzähligen Partikel dennoch E i n e r gewesen zu sein, die grenzabsteckende Kraft, die G e s t a l t ... Ich dachte, ich sehe ihn wieder. War doch ein schmucker Kerl bis in seinen Zerfall. Drei Wochen lag er im Kühlhaus. Verschwunden. Ich dachte, ich sähe ihn wieder bei seiner Beerdigung.

Im Wald, der zu Mielkes Jagdrevieren gehörte, nördlicher Ausläufer der Schorfheide, traf ich Herrn Köppel, der auch ein Häuschen auf dem Wedelsberg bewohnt. Buchillustrator aus Berlin-Mitte, der die Anschlüsse verlor. Verlage sind eingegangen, Freundeskreise zerfallen. Nun will er sich in die Uckermark zurückziehen. Ein Freund hat in der Nachbarschaft ein altes Bauernhaus gekauft. Dort wollen sie eine Schule für Ästhetik und Ökologie aufmachen. Man merkt, wie er mit Trend-Wörtern noch unsicher, beinahe verlegen umgeht. Um Gelder zu bekommen, wird man die deutsch-polnische Jugendzusammenführung anzapfen. Auch das, was wir zynisch Beschaffung von Staatsknete nennen, buchstabiert dieser Erstklässler in der Schule der westlichen Verwöhnungen noch unsicher.

Er war es, der mir zuerst den abgezäunten Buchenwald wies, der den Horst des Seeadlers birgt.

Das Schneeweiß ganz allein mit dem Fuchs ... die Wiese verhüllt. Er schnürt und findet nichts. Kleine Sprünge aus dem Stand. Am letzten Februartag sind mit großem Geschrei die Kraniche zurückgekehrt. Dann kam ein erneuter Wintereinbruch.

Denjenigen, der in den Diensten der Staatssicherheit stand, kenne ich als einen bescheidenen, höflichen Mann mit einem gewissen intellektuellen Embonpoint und einer etwas zu forschen Frau, die mehrmals, bevor ihr Mann seine Geschichte dem Fremden gänzlich preisgibt, mit der ihren dazwischenkommt, lang und herzhaft klagt, Beruf verloren, Miete gestiegen, abgewickelt, kurz, das große Dunkeltuten.

Bauleiter Kryzelius erzählt seine DDR-Geschichte. Ein nachdenklicher und gehemmter Mann, der die Probleme am Objekt mehrmals vor sich hinmurmelnd sortiert. Immer in Kulturkreisen verkehrt. Auch vor der Parteikontrollkommission kritisch, wenn es drauf ankam. Wie Weber, der Kreisratsbausachverständige, erst sein Vorgesetzter, dann sein Untergebener. Bekanntlich hatte Weber gegen die Vormacht der Arbeiter aufgemuckt. Für Kryzelius aber bedeutete das: Weber zeigte stets ein »menschenwürdiges Verhalten« – jedesmal im Zusammenhang mit Weber muß er sich verbessern, »menschen*un*würdiges«. Sogar gegen sich selbst habe Weber sich »menschenwürdig ... *un*würdig« verhalten. In Wahrheit war er geisteskrank (Weber, der uns Wochen zuvor besuchte, seinerzeit: »Und so wurde ich für geisteskrank erklärt«.) Kryzelius: Weber hatte Anfälle von halbseitiger Lähmung, das ist unbestritten.

»Hatte ich Angst?« fragt er heute leise in sich hinein. »Nein. Ich hatte keine Angst. Mehr als ein Anschiß von meinem Vorgesetzten, mehr konnte mir nicht passieren. Habe ich heute Angst? Ja, ich habe Angst. Ich habe Angst vor jedem, der mir sagt: da hast du wieder Mist gebaut. Du hast deine Kontrollfunktion nicht ordnungsgemäß ausgeübt. Du hast Sicherheitsvorschriften mißachtet. Sie kennen ja nicht die Folgen, die daraus erwachsen, daß ein Vorgesetzter so etwas feststellt. Ich habe ein Haus über der Uckerpromenade, tausendzweihundert Meter Grundstück, neben mir die Schwägerin, zusammen dreitausendsechshundert, das genügt. Wir blicken auf den See. Mein Schwager, er war mein Schwager, ich meine, ich kannte ihn sehr gut, keiner wunderte sich, wenn er zum Beispiel Punkt siebzehn Uhr bei seiner eigenen Geburtstagsfeier aufstand und sagte, er müsse noch zum Dienst. Heute erzählt er mir, daß er an diesem seinem 51. Geburtstag noch am selben Abend mit dem Dienstmercedes nach Stuttgart gefahren wurde, wo er jene Kontaktgespräche führen mußte, die jetzt irgendwo auf den 200 Kilometer Gauck-Akten aufbewahrt sind. 70% aller Anfrager bei der Behörde sind enttäuscht, daß sie in den Akten nicht vorkommen. Sie hatten sich immer für Anti-Staats-Helden nicht nur ausgegeben, sondern sich selbst auch dafür gehalten. Aber die geheimen Überwacher hatten davon nie etwas bemerken können. Und wenn jemand dennoch erwähnt wurde, fand er sich höchstens als kleiner Nebenmann wieder, der einmal flüchtig in Kontakt zu einem Verdächtigen geraten war, und er bekam allenfalls den Vermerk: ›Und dieser Kryzelius, ein ganz normaler Mensch‹. Denn diese Staatssicherheit log offenbar nicht, sie übertrieb auch nicht so infam wie die Journalisten-Spitzel, die jetzt bei uns die Macht haben.«

Sie hatte dennoch nicht recht, die Staatssicherheit: ein ganz normaler Mensch ist auch Kryzelius nicht mit seinem runden gelichteten Schädel, mit seinem väterlichen Bubengesicht.

Es stürmt, von Böen faucht der Kamin. Es liegt keine Entscheidung in der Luft. Infolgedessen vermehren sich die Turbulenzen. Ich kann mich nicht erinnern, je einer so schweren Geburt des Frühlings beigewohnt zu haben. Der Schnee rast aus mehr Richtungen durcheinander, als der Himmel kennt. Es ist ein Ausbruch gewaltsamer Schikanen. Auch die kurzen Aufhellungen, ja der Sonnenschein selbst trägt einen Rand von heimtückischer Kälte, zumindest von Verächtlichkeit.

Das verschworene Von-Angesicht-zu-Angesicht, das zwischen Diu und mir begann am Nachmittag seiner Geburt, löst sich ganz allmählich, doch unaufhaltsam. Die Augen entfernen sich zuerst. Nichts ist differenzierter als ihr unermeßlich langsamer Lichtschwund. Er nimmt mit der Sprache seinen Anfang. Nur die ganz Wenigen, Dichter, finden den Ausgleich: ihnen gibt die Sprache mehr Licht ins Auge, als sie in der Kindheit besaßen. Scheu und Schönheit ihres Auges nehmen zu.

Viele schöne Töne, Rufe der Liebe, Dius Abschiedsarien vor der Nacht, beim Zubettgehen, wenn das Licht schon gelöscht ist ... »Die Traumfee war da« ... »Morgen wird ein schöner Tag« ... »Ruhe, ja?« ... »Danke für alles!«.

Hohe Ausrufe. Und wie nachlässig man es hinnimmt. Vielleicht war ich aufmerksamer, als seine gesteigerten Affekte noch keine Sprache benutzten. In gewissem Sinn habe ich mein Kind zuerst an die Sprache verloren. Dann folgen Gesellschaft, zuletzt die Frauen. Das Gesprochene zwingt mich zur Antwort, zur Interaktion, zur Vernunft – und wird daher schnell lästig, wenn es sich, wie der Affekt es aber will, zu oft wiederholt. Während die vorsprachliche Gebärde und Äußerung dadurch tiefer berührt, daß sie mit ganzer Gefühlsdichte auf uns trifft und wir mit diesem ungesonderten impact nur schwer mithalten können. U n s e r e Hilflosigkeit, darauf zu antworten, empfinden wir dann oft als Rührung gegenüber der vermeintlichen Hilflosigkeit des Kinds. Aber ein im Wollen, Empfinden und Mitteilen hilfloses Kind kann es nur als krankes geben. Wir können nur nicht soviel auf einmal antworten, wie es seine geballte Mitteilung verlangt. Wir können sie nicht einmal komplett ins Rationale der Sprache übertragen.

Sigé, das Schweigen Gottes, mag den Menschen im Verlauf seiner Geschichte dazu gebracht haben, immer haltloser zu reden, als seien wir alle aus seinem Schweigen endlos Vertriebene und unser Reden nichts als Flucht, Flucht. Vielleicht gibt es ein Entsetzen im Ursprung der Sprache, das selbst dem Gedächtnis der Mythen entschwunden ist. Dann würde der Mensch von etwas bewegt, in Atem gehalten, das restlos vergessen wurde und das er weder zu fürchten noch sich vorzustellen imstande ist.

Mundum tradidit disputationi eorum (Eccl.3,11), mit den Worten Th. Haeckers: Und er übergab ihnen die Welt zur Auseinandersetzung.

Es entkräftet die ganze Sprache, wenn es keine Worte mehr gibt, die um des Unaussprechlichen willen gesprochen werden.
    Sprache, die ihre Not nicht kennt, ist beim Menschen ein Ausscheidungsprodukt unter anderen geworden.

Die Gewalt des Gottes: daß er uns sein läßt.
    Sein Donner: der Kausativ. Er macht uns sein. Wir aber lassen das Sein, wir wenden das Veranlaßte in ein Ablassen.

Plötzlicher Vorfrühling um neun Uhr morgens am 2. März.

Aus der Niederung empörte Trompeten der Kraniche. Das Licht flüssig, voll mercury, die Luft rein von altem fernen Firneis, das ihr die Kühle mitgab auf den Weg.

Das silberne Kranichpaar, nah gesehen durch das Glas wie an jedem Morgen, ohne Stimmen, wie alles im Haus und am Hügel bis hinab zum glänzenden Erdfenster des Sees, wo sich der junge Morgen wie Narziß beugt über das Wasser...

Das Soll, die Sölle, runde Tümpel, entstanden durch Abschmelzen von Toteisblöcken in den Lockermassen der Grundmoränen.

Der Winter ist hier nur noch ein Etwas, fahl, ein Etwas ohne Schwalben. Man weiß nun, sobald die Schwalben verziehen, wird etwas wesenlos um unser Haus. Nun in den Untiefen des Winters, der schal wurde und dünn, stellen sich alle Uhren auf die Rückkunft der Zügler ein.

Virtuell ist in allen Dingen nur das Unerreichliche. Das Unsichtbare ist virtuell in unserem Gesichtskreis. Das Unhörbare virtuell in den Lauten. Und die Ewigkeit in einem kleinen Datum.

Ein kurzer Frühlingsregen in dünnen heftigen Strichen. Die Traufe klingelt. Der alte Potzlow kam auf einen Kaffee. Seit 1936 wohnt er auf dem Wedelsberg. Er hat mein Haus »wachsen« sehen. Heute stand er mit mir auf der Terrasse und erzählte von den Pächtern und dem Schicksal des ehemaligen Gutshofs, der sich an der Nordseite meines Grundstücks befand. 1975 war die Pacht ausgelaufen, danach übernahm die LPG das Gebäude, es kam herunter, am Ende lagen dort die Mastschweine in den Zimmern. Potzlow war als junger Mann unter Rommel in Afrika, dann zeitlebens Forstarbeiter in Wedelsberg. Er kam, um mir eine Frage zu stellen, die so ein Schlauberger aus der Hauptstadt doch wohl beantworten könne: gab es unter Hitler schon mal die Sommerzeit? Er meinte, sie sei während des Kriegs eingeführt worden und damals schon aus Gründen der Energieersparnis. Ich konnte ihm keine Antwort geben und hatte die Prüfung nicht bestanden. Ich mußte mich erst erkundigen, und tatsächlich verhielt es sich so, wie er vermutete.

Ich komme mit dem Stumpfsinn in Berührung, und schon fühle ich den Stumpfsinn sich in mir ausbreiten ... ich fühle sein Erwachen ... Ich komme mit dem Künstler in Berührung und fühle in mir ein künstlerisches Begreifen der ganzen Welt ... ich komme mit dem Kind in Berührung, das seine Worte noch nicht sicher bildet, und schon verliere ich meine geläufige Sprechweise, die gewöhnlichsten Worte kommen mir abhanden. Zwar bin ich weder Affe noch leide ich unter willenloser Echolalie ... oder vielleicht doch, nur in sublimer Form? Ist Stumpfsinn ursprünglich angelegt in mir, besitze ich ein unerwecktes Künstlertum, einen vorsprachlichen Geist? Wahrscheinlich nicht. Vielmehr schützt mich wohl eine Art intuitives Gewebe, das bestimmte Wesensmerkmale anderer, mit denen es in Berührung gerät, unverzüglich nachbildet und einer immunologischen Verarbeitung zuführt.

Im kalten frühen Grün die benetzte Wurzel. Die Furche, der Bruch, die Solitäre, das Niedergehölz, in dem die Rehe hausen, mein Gesichtsfeld. Wer pflügt es im neuen Jahr?

Die weiße Krause mit blutigem Saum: das erste Maßliebchen im kühnen Sprung unter dem Mittag. Die erste Pflanze, die sich zur warmen Mauer beugt, duftlos und halberöffnet. Wie ist es dir ergangen? Wo kommst du her? Was hast du verloren? Fragen an eine Blume im Frühjahr.

Besuch bei Herrn Schlenz, einem Einsiedler im Bahnwärterhäuschen, der hiesigen »Niederlassung« der Firma Ahle, bei der ich eine Motorsense kaufen möchte. Auch in der DDR war Schlenz schon für ›die Forst‹ tätig. Die Holzhauer kamen zu ihm, um ihre defekten Motorsägen reparieren zu lassen. »In welchem Zustand die waren, das kann er sich denken.« Unsicher, wen er vor sich hat, wählt er zwischen Du und Sie die dritte Person. »Ich mußte jedes Jahr für zweihundert Maschinen Ersatzteile planen. War genau eingeteilt. Alte Modelle aus Polen haben die gekauft, und die Polen hatten sie von den Schweden. Ich kannte mich aus. Nur die Kirchenforste hatten auf geheimnisvolle Weise Ahle-Geräte. Da habe ich mir gedacht nach dem Mauerfall: was nun? Und geschrieben. An Ahle. Die haben geantwortet: politische Entwicklung abwarten. Wir wußten ja, die Währungsunion kommt. Danach haben sie sich gemeldet. Meine Eltern hatten immer dies Bahnwärterhaus. Um 1980 gab es keine Petroleumlampen mehr nachzufüllen, alle Bahnübergänge wurden elektrifiziert. Also ich hab das Haus gekauft und meinen Werkschuppen angebaut.«

Der Einsiedler ist ein gewaltiger Flucher. Kein Satz ohne Scheiß und Fotzendreck. »Allein komm ich ja durch. Aber mit Familie, da müßte man noch was anderes machen. Die Forste werden ja jetzt alle verkauft, der große Scheiß geht los. Bei der Ausgabe für die Begehungsscheine Anfang April hat der Förster gesagt, paßt auf, Leute, die gelten noch bis Ende des Jahres. Bis dahin ist der Wald verkauft. Was dann kommt, weiß niemand.«

Er hat einen Revolver und eine doppelläufige Flinte. »Ein paar von diesen Schweinen müßte man einfach erschießen.« Kriminelle sind gemeint. Organisiertes Verbrechen. Obwohl er bisher noch nie überfallen oder bestohlen wurde. »Der kleine Braune muß her, sagte kürzlich ein Pole in Angermünde, den ich gut kenne.« Dazu klopft er dreimal heftig auf den Tisch und macht Hitler kläglich nach: »Das organisierte Verbrechen gibt's bei mir nicht.« Ein anderer hätte sich nun kaum die Ergänzung verkneifen können: »Denn das organisierte Verbrechen bin ich!« Aber ich nicke in mich hinein, ohne beizupflichten, weil ich die Vorführung nicht unterbrechen will. Das

Unsicherheits-»Er« verliert sich schließlich in die Frage: »Wessie? Na, dann können Sie nicht wissen, was früher hier los war.« Seine gewaltige Wampe bedeckt ein Ahle-T-Shirt. Beim Umlegen des Traggurts für die Motorsense: »Sie müssens sich anders einstellen. Ich bin dicker als Sie.« Zu Anfang trat er mißtrauisch ans Tor: »Und? Was will er denn?« Da die Eisenbahn fünfmal in der Stunde vorbeidonnerte, die ich bei ihm verbrachte, hätte man annehmen können, er habe sich gegen den Zug das brüllende Sprechen mit den starken Flüchen angewöhnt. Aber es brachte wohl einfach das Leben des Einsiedlers so mit sich. Wahrscheinlich, daß er abends das Fernsehen ebenso brüllen ließ, zu lange schwieg und daher die Menschen, wenn sie bei ihm aufkreuzten, wie Taube anschrie. Es schrillte und schepperte eben eine von Einsamkeit beinahe zerquetschte Stimme. »Man kann ja nicht immer gleich jemanden totschießen.« Die Forst Jakobsdorf beschäftigt gerade noch zwei Holzhauer.

Ich bin nicht gern mit den Menschen gesellig, aber auch nicht gern uneins gewesen. Am Tresen oder unterwegs im Zug habe ich Fremden oft auf unverantwortliche Weise zugestimmt oder ihnen umstandslos recht gegeben. Nur um sie weiter in Ruhe auf mich einreden zu lassen. Hätte ich ihnen widersprochen oder gar sie zurechtgewiesen, hätten sie ihrerseits nur genickt und wären verstummt. Ich hätte nichts mehr von ihnen erfahren. Aber ich fühlte mich am besten bedient, wenn ich ihnen zuhören durfte, darin lag eine natürliche Entspannung unseres befremdlichen Gegenübers. Ich bekräftigte im Laufe der Zeit mit meinem typischen, redelösenden Kopfnicken eine Menge verbotenen Unsinn. Gleichzeitig verschaffte ich etlichen, indem ich jede eigne Stellungnahme vermied, eine merkliche Erleichterung. Sie hatten, was ihnen am liebsten ist, einen stummen Zuhörer, und dazu noch einen, vor dem sie sich ungeniert ihres gröbsten Gesinnungsschmutzes entledigen durften.

An Milztumoren sterben hier die Männer, die sinnlos trinken. Herr Kerkow hing sich im Dachstuhl auf und legte, um seiner untreuen Frau ein Letztes anzutun, den schlafenden Jüngsten sich zu Füssen, die dann eine Nacht lang über dem Kindchen baumelten.

Herr Leupold, Berliner Wochenendgast in Wedelsberg, mit fünfundvierzig schon Großvater, der Sohn ging nach dem Umbruch, wie man jetzt statt Wende sagt, im Gegenzug von Mitte nach Wedding. Nach einigem Streunen durch verschiedene Ausbildungsstätten landete er schließlich bei, ach, der Psychologie. Bei sich selbst eben, am westlichsten Punkt seines Umzugs. Da er ein wenig behindert ist, herzkrank nach Scharlach als Kind, empfängt er eine kleine Rente und ist etwas phlegmatisch geworden. Herr Leupold selbst hat sich härter durchschlagen müssen. Er kommt aus einem Erfurter Arbeiterbezirk, die Mutter ging in die Fabrik und sagte: das Höchste sei Bildung. Und der Sohn bekommt sie. Studium und alles, was fördert. Wird einer der zahlreichen Lektoren im O. Verlag. Dann kommt die Wiedervereinigung, der ganze Bildungsweg gerät unter Steinschlag, geht verschüttet, der Verlag, der Job fallen weg. Jetzt, Mitte vierzig, ist er abgewickelt und der ganze Stolz seines Lebens, vom Arbeiterkind zum Kulturschaffenden ... war alles nichts.

Ich sehe ein: das ist gnadenlos, man wendet sich inzwischen voll Überdruß von derartigen Schicksalen ab, zu breitgetreten wurden sie in der Öffentlichkeit und immer im gleichen Ton des selbstbewußten Selbstmitleids vorgebracht. Doch sobald mir der einzelne mit einem eigenen Gesicht gegenüber sitzt, kann ich vergessen, daß er mindestens zu Vierfünfteln aus Allgemeinheit besteht.

Daß dem Jungen das Pausenbrot des Freunds besser schmeckt als das von der Mutter geschmierte ... das von fremder Hand bereitete also, dieser Geschmack des anderen Hauses mag den Keim eines lebenslangen Fernwehs bilden. Und später das Ungenügen schüren an der eigenen, einmal eingenommenen Stätte, so daß die illusionäre Schönheit einer immer anderen aufscheint und die *Unstätte* an gegebenem Ort empfunden wird. Oftmals endet es freilich mit dem dürftigen Ulk, der Pseudoweisheit des Spießers, der, aller Sehnsucht entwöhnt, feststellt, daß es bei »Muttern« am besten schmecke. Soviel zu Lehr- und Wanderjahren der Geschmackspapillen.

Sartre sagt: »Ich bleibe bei der Ansicht, daß das Leben eines Menschen sich schließlich als Scheitern herausstellt; das, was er beabsichtigt hat, erreicht er nicht. Er schafft es nicht einmal, das zu denken, was er denken will, oder das zu fühlen, was er fühlen will...«

Das ist die Tonart, die mir angemessen erscheint, mit der man der Tatsache eines angeborenen Zukurzgekommenseins Rechnung trägt; in einer zu engen Haut zu stecken, die man das Leben nennt, das Hier und das Ich.

Und so wird das Maß aller Dinge das Vermissen bleiben, das Fehlende, und allein die Schrift, das Medium der Hinterlassenschaft, der Abwesenheit und der Entfernung, kann es getreulich und täglich feiner zu bestimmen suchen.

Versuchen wir dennoch eine Rechtfertigung des Glücks aus den verwirrenden Lüften am Ende des Aprils! Die Schlehenbüsche am Hang unter dem Wäldchen stehen vor dem großen Knospenknall. Ihre Schneekorn-Fülle scheint erst noch den Winter zu parodieren. Doch dann sind's Garben eines weißen Feuerwerks über Brüchen, Seen und Zäunen... Guß aller Ferne in dies illustre Hiersein... Du spürst, wie dieses Feuer Weiß dich brennt; du stehst mit ganzer Liebe vor dem blendenden Aufbruch: d e i n e l e t z t e Schlehenblüte! Einfach weil es unvorstellbar ist, daß solche Reinheit, Frühe wiederkehrt.

Die schwirrende Haut der Insekten um den Kirschbaum, der kurz vor der Blüte steht. Der summende Baum.

Jeden Morgen in der Frühe die Wildhecke abgehen, jeden Strauch und jedes Gehölz prüfen und begrüßen. Die Schwalben fliegen wieder ihre Umgarnungen des Hauses, die Flüge sind Suchraster, den besten Nistplatz zu ermitteln, und sie kommen beim Mauern zu Paaren. Wie nah das alles, wie unfaßbar nah!...

Von den Vögeln zu lernen das Sprechen mit einer Unsichtbaren, das mit einem hellen Zwitscherton beginnt und in einer öffentlichen Huldigung endet.

Gegen zuviel Geschichte kommt nur Erscheinung an!

Solange die Schlehen blühen, kann es noch Nachtfröste geben, sagt mir der Bauer auf dem Feldweg.

Der Gesang der Nachtigall, eine Schallwehe Einsamkeit, wenn ich zur Nacht auf die Wiese trete.

Wer nie im Mond über dem Milchbrodem der Erde stand, träumt in den Grenzen der Zeit.

Eisheiligenklar der sonnige Morgen. Das Grün, das frühe Leben, zugleich prall und in feinsten Abstufungen. Erster Schlehenschmutz. Die Schlehen-Stöcke, die Schneekönigfinger. Darunter das tote Kalb auf dem alten Postweg nach Rödelsberg. Das erloschene Auge übernahm die Farbe Schwarz vom Fell der Schnauze.

Plötzlich ist der Sturm von Island angekommen und vier kreischende Raben bewachen das Haus. Das Wasser des Sees ist trüb und schlapp, bedrückt und ungerührt, weil in der tiefen Luft ein Gewitter lastet. Alles riecht faulig. Und zu Hause klettern an den weißen Vorhängen die Tausendfüßler und die Ohrenkneifer aufwärts. *Diu läßt mich telefonisch wissen, daß er das nächste Wochenende lieber mit den Freunden in der Stadt verbringt!*

Der Schwarm der Stare, wie ein Tuchschlag in der Luft, wenn sie ihre Wende fliegen, eine Hundertzahl, die aus meiner Eiche stürzt und nach kurzem Beuteschnappen wieder hinein.

So ist es nun. Das frohe Kind, »Wohnung und Tanzplatz der Morgenröte« ... Doch launisch wie ein Luftgeist wird es die Schleier wieder von mir heben und mich allein zurücklassen auf dem Bühel.

Meine Minervavögel! In der feuchten Dämmerung glitt eine über mich hinweg auf meinem Weg zum Kompost und kreischte. Sie grüßt mich! dachte ich heiter. Sie kennt mich, sie kennt mich nun! Ihr klugen Eulen seid mir die liebsten Vögel rings um mein vielumflattertes Haus.

Ging allein den Heckenweg, der die Wedelsberger von den Flechtner Äckern trennt. Ging entlang der wilden Birnen und der Weißdornsträucher. Und noch an vielen morschen Tönen zwischen Braun und Purpurrot. Die Äcker waren frisch gepflügt, blitzsauber. Die Wolken spiegelten die sanften Schollen in Weiß.

Die Rehe wollten es nicht glauben, daß so spät noch jemand über den Hügel kommt. Sie verhofften lang, ehe sie in hohen Sprüngen aus der nackten Mulde flohen.

HANSER
HANSER
HANSER
HANSER

»Botho Strauß – sprachstark,
empfindungsscharf, untragisch«

H.-D. Schütt, Neues Deutschland

Das Sekundäre breitet sich aus: Alles versinkt im Gerede, im Jargon, alles wird verschluckt vom unaufhörlichen Rauschen der »Informationen«, der »Diskurse« und »Texte«. Botho Strauß, der als Künstler die feinsten Verschiebungen im Gesellschaftsgefüge aufzeichnet, hat immer auch theoretisch auf sie reagiert. Fünf der wichtigsten Schriften sind in diesem Band zusammengefaßt. »Straußens Aufzeichnungen sind ein Wunder an Aufmerksamkeit, sein Stil ein Mirakel an Nuance.«
A. Isenschmid, Die Weltwoche

Botho Strauß
Der Aufstand
gegen die sekundäre Welt

BEMERKUNGEN ZU EINER
ÄSTHETIK DER ANWESENHEIT

EDITION AKZENTE
HANSER

112 Seiten. Französische Broschur